Attirances

Didier van Cauwelaert

Attirances

ROMAN

LE GRAND LIVRE DU MOIS

1.

Vous êtes mon sujet

Longtemps, j'ai cru que j'avais de la chance. Ma carrière était une ligne droite où les obstacles disparaissaient devant moi, et je répondais toujours aux flatteurs, avec une modestie découlant de l'orgueil, que je n'étais pour rien dans ce qu'ils appelaient ma réussite.

– Merci.

Je regarde la jeune fille, étonné de sa réaction à mes propos. Elle me sourit, la joue dans la main au-dessus de son thé citron.

– Merci de quoi ?

– D'apprécier votre chance.

– C'est normal.

– Mais ça fait plaisir.

Elle a le ton d'une cuisinière qu'on félicite. Sauf qu'au lieu de mettre en avant la qualité des ingrédients, elle a l'air de souligner le mal qu'elle s'est donné. On voit souvent des professeurs se comporter comme s'ils avaient écrit l'œuvre qu'ils commentent, ou des critiques parler d'eux-mêmes à travers les auteurs qu'ils décortiquent, mais plus rarement une étudiante s'imaginer qu'elle prend part au destin de l'écrivain sur qui elle planche.

Je l'ai rencontrée vingt minutes plus tôt, à mon stand du Salon de Montpellier. Elle me tendait mon dernier livre. Il y avait du monde derrière elle, mais elle me dévisageait en silence. J'ai demandé : « C'est pour ? » Elle a répondu : « Je suis Mathilde Renois », comme si cela devait me rappeler quelque chose. Dans le doute, j'ai dit « Ah », et j'ai dédicacé le roman avec mon meilleur souvenir. Elle l'a repris en me fixant toujours, immobile. Comme elle était jolie, je lui ai demandé si elle m'avait déjà lu. Elle m'a répondu, très simplement : « Vous êtes mon sujet. » En deuxième année de doctorat à la Sorbonne, elle préparait une thèse sur mes livres. Elle semblait avoir tout lu, tout décrypté, tout mis en fiches, et son mémoire de maîtrise lui avait valu dix-huit sur vingt. J'étais flatté. Comme les gens s'impatientaient derrière elle, je lui ai proposé de m'attendre au café d'en face.

J'allume sa cigarette en lui demandant pourquoi elle m'a choisi.

– Comme ça. C'est tombé sur vous. Je vous ai découvert à quatorze ans, et je ne vous ai plus lâché. Quand je commence quelque chose, je vais jusqu'au bout.

Il n'y a pas d'hystérie dans sa voix, ni même de fierté. Un ton de résignation. Une sorte de nostalgie calme, comme lorsqu'on fait le bilan au soir de sa vie, et qu'on se rend compte avec regret qu'on n'a jamais changé. C'est bizarre, ce constat de vieille dame dans la bouche d'une jeune fille. Elle est polie mais froide. Pas froide, non. Sans chaleur ni distance. L'adjectif qui lui ressemble le plus, c'est : neutre.

– Qu'est-ce qui vous a plu en moi ?

J'ai posé la question sur un ton détaché, avec la lucidité amère de celui qui sait bien que son physique a longtemps été plus attirant que son œuvre.

– Vous êtes prévisible.

Le mot me surprend. Me décontenance. D'autant plus qu'il sonne comme un compliment.

– Vous fonctionnez toujours de la même manière, monsieur Kern. Votre rapport aux événements, aux souvenirs, aux autres... La façon dont vous gérez l'égoïsme, la culpabilité. J'ai écrit votre biographie en annexe à mon mémoire. Tout se recoupe. Vous passez à côté des vivants et vous ne parlez bien que des morts.

Le silence se dilue dans les gestes du serveur qui lui apporte la pâtisserie du jour. Un biscuit au chocolat dans une flaque de sauce.

– Je pourrais lire votre mémoire ?

– Non. Ça changerait votre regard sur vous.

Je souris. J'aime bien cette façon de me protéger contre moi-même.

– Et dans la thèse que vous préparez... Sous quel angle me traitez-vous ?

– L'autofiction rétroactive. La réécriture de vos rapports avec les gens que vous avez perdus. C'est le meilleur axe, non ?

J'écarte les mains pour la laisser juge.

– Vous vous confiez à ceux qui ne peuvent plus vous entendre. Vous ne leur disiez rien de leur vivant, et vous dialoguez avec ce qu'ils ont pu déduire de vos silences. A chaque fois, vous vous reconstruisez dans la mémoire d'un mort.

Elle laisse refroidir son thé. Moi qui suis toujours sur la défensive face aux journalistes et aux exégètes qui essaient de me traire à mon insu, je me sens curieusement en confiance auprès de cette intello blonde qui me lit si bien entre les lignes. On se connaît depuis moins d'une demi-heure, et c'est déjà l'intimité des vieux amants qui n'ont plus à faire semblant. Mais je n'ai pas le sentiment qu'elle me drague. Je suis pour elle quelque chose de subsidiaire. Comme la jaquette d'un livre. L'emballage facultatif d'une œuvre achevée.

– Vous étiez dans la région ?

– Non, répond-elle.

Je la laisse finir sa pâtisserie, à petites bouchées régulières, machinales. Je commande un deuxième scotch.

– Vous êtes venue spécialement pour me rencontrer ?

– Oui. Je vous ai écrit douze lettres, vous n'avez pas répondu.

– Je n'ouvre jamais le courrier des lecteurs. Chez moi l'écriture exclut la correspondance.

– Je sais, monsieur Kern.

– Vous pouvez m'appeler Alexis. Vous aviez une question particulière à me poser ?

– Non. Tout est dans vos livres.

Elle a dit ça comme un reproche. Un regret, en tout cas. Elle regarde l'heure, me dit qu'elle doit repartir pour Paris. Je fais signe au serveur. Elle sort son portefeuille, je proteste, elle insiste, je m'empare de l'addition. Pour lui ôter tout scrupule, je précise que je la ferai passer en note de frais. Elle me la reprend d'un geste sec.

– C'est moi qui travaille sur vous.

Il y a soudain dans ses yeux une violence nette, concentrée. Je l'observe tandis qu'elle remplit son chèque, et je me dis que ce n'est pas le genre de fille qu'il fait bon contredire. Ou décevoir. De toute façon j'ai arrêté de sauter mes lectrices. L'alcool a remplacé les femmes : c'est plus simple à gérer, mais aussi efficace en termes de somnifère. L'Alexis Kern *de l'Académie française* a remplacé l'Alex des boîtes de nuit, et je ne me plains pas. J'ai profité jusqu'à plus soif de ma beauté, de ma santé, de ma vigueur, et je suis très fier, à cinquante-neuf ans, d'être aussi mal conservé. Je n'ai plus l'âge des coups de cœur, je n'ai plus l'âge des contraintes.

– Vous êtes sur un nouveau livre ?

– Non.

– Qu'attendez-vous ? Ça fait quatre ans que vous n'avez pas publié.

Ses yeux noisette sont devenus glacés, son visage s'est durci.

– Je n'écris pas sur commande. Et mon œuvre est derrière moi. Elle est à vous, ajouté-je en souriant, pour la détendre. Mais votre « sujet » est épuisé.

Elle me fixe avec un air de rancune, d'injustice.

– Vous dites toujours dans les interviews que vous avez « une bonne étoile ». Et si c'était moi ?

– Libre à vous de le croire.

Elle se lève, me tend la main. Tout en me décollant de ma chaise, je murmure d'un ton faussement contrit :

– Je vous ai déçue.

– Ça vous pose un problème ?

Aucune de mes paroles ne la prend de court. L'idée me traverse que les milliers d'heures passées sur moi lui donnent le sentiment de manier un personnage. L'impression de me dialoguer. A force de me coucher par écrit, de me relire à voix haute.

– Peu d'écrivains gagnent à être connus, Mathilde. Pourquoi vouliez-vous me rencontrer ?

– Parce que vous m'avez déçue.

Je reste debout, face à elle, les bras ballants.

– L'homme ou l'auteur ?

– Je me fiche de l'homme. Je n'aime pas ce que vous

avez écrit sur la mort de votre ex-femme. C'était gratuit. Forcé. Bâclé. C'était bien la peine.

Elle baisse la tête, brusquement.

– La peine de quoi ?

Elle a haussé les épaules, sans me regarder.

– C'est sur votre mère que vous devez écrire, vous le savez bien. Ça ne sert à rien d'attendre.

Et elle est partie. J'ai suivi des yeux sa silhouette qui filait droit entre les tables. Ses petites fesses rondes à taille basse sous le blouson de cuir bordeaux, sa queue-de-cheval, ses chaussures à plate-forme et son sac nounours.

Je me suis rassis, lentement, j'ai terminé mon verre. Des bribes de phrases me revenaient dans le désordre, des images associées à ses mots, un écho lancinant que j'essayais de faire taire. Un malaise flottait autour de sa chaise vide. Elle ne m'avait laissé ni son téléphone ni son adresse. J'ai tiré vers moi la soucoupe de l'addition et j'ai regardé son chèque. *Mlle Mathilde Renois – 4, square des Ecrivains-combattants-morts-pour-la-France, 75016 Paris.* L'adresse avait l'air d'une blague, l'écriture était d'une rondeur enfantine et la signature évoquait le gribouillis pressé d'un P-DG parapheur de contrats. Jamais je n'avais rencontré autant de contradictions chez une jeune femme. Aucun élément de sa personnalité ne concordait, rien n'allait ensemble mais le tout dégageait une force motrice impressionnante. Moi qui étais tout sauf maso, je me sentais bizarrement excité d'être ainsi dominé par une thésarde. Son physique de minette bêcheuse m'attirait bien moins que son acuité, sa lucidité, sa franchise. C'est vrai que le roman sur mon ex était un plat de circonstance dont je ne tirais pas gloire. Un cache-fortune, comme on dit un cache-misère. Deux cents pages d'apitoiement et de remords de synthèse pour masquer la délivrance : l'accident d'Anne-Carole, tout en m'affranchissant du témoin gênant des réalités que je masquais dans mes livres, réglait le problème de la garde de Nadège et me soulageait d'une pension alimentaire astronomique. J'avais eu un peu de peine à exprimer le désespoir du divorcé veuf qui retrouve l'âme sœur à titre posthume, mais sa mort avait été si horrible que la critique s'était montrée bienveillante. Mathilde Renois était la première à me reprocher cet exercice de style artificiel et vain. J'aimais bien. Ça donnait de la légitimité à l'enthousiasme qu'elle portait à mes autres livres. Mais était-il question d'enthousiasme ? J'avais du mal à imaginer qu'on pût consacrer sa vie à un auteur qu'on n'adulait pas – cependant elle ne m'avait complimenté que sur deux choses : mon fonctionnement toujours identique et la façon dont j'appréciais ma chance.

L'attachée de presse déboule dans le café, en me disant qu'une véritable meute assiège mon stand. Elle exagère toujours, mais on la paye pour ça. Je dépose dans la soucoupe un billet de vingt euros, et glisse dans ma poche le chèque de Mathilde.

*

Le soir, j'ai séché le dîner officiel pour commander un room-service dans ma chambre. En attendant le garçon d'étage, allongé sur le couvre-lit dans le peignoir de l'hôtel, j'appelle Nadège, comme chaque fois que je ne dors pas à la maison. Plus par diplomatie que par inquiétude. Elle a beau jeu, sinon, de répondre ensuite à mes remontrances : « D'façon, t'en as rien à foutre que je découche ou pas. » A seize ans et demi, elle mesure une tête de plus que moi, chausse deux pointures au-dessus, et me traite comme un logeur irresponsable. La mort de sa mère n'a rien arrangé.

Répondeur. Ma voix dissuasive prévient que je suis absent ou occupé, sans inviter les gens à laisser de message. Elle a dû sortir avec une des copines qui peuplent l'appartement dès que j'ai le dos tourné. J'essaie son portable. La boîte vocale me dit que salut, laisse ton nom si tu veux que je rappelle.

– C'est moi, Nad. Ne rentre pas trop tard : tu m'emmènes au ciné, demain soir. Je t'embrasse.

Je reste un moment à contempler le plafond, promenant ma « bonne étoile » entre les traces de semelles et les morceaux de moustiques. A l'âge de Mathilde Renois, j'enseignais le français à des illettrés de luxe dans une boîte à bachot. Ce purgatoire versaillais m'avait inspiré un roman très noir, aussitôt publié par la maison d'édition que dirigeait un parent d'élève. Contre toute attente, son fils obtint dix-sept au bac français et je reçus le prix de la Vocation, qui me permit d'abandonner mes élèves à leur inculture pour me consacrer à mon œuvre – c'est-à-dire vivre aux crochets de ma femme. La critique dithyrambique n'ayant fait vendre que mille trois cents exemplaires, je connus alors une période de doute aggravée par une crise d'inspiration dramatique, dont me délivra soudain la mort de mon grand-père maternel. Du journal intime qu'il me légua, je tirai cet hommage aux résistants français de la Royal Air Force qui me valut un Goncourt à sept cent mille exemplaires. Ma femme en profita pour divorcer, délestant mes journées de travail des pleurs du bébé, et m'offrant du même coup ces nuits de jeune homme que je n'avais jamais eu les moyens de connaître.

C'est alors qu'Olivier Saint-Pierre, un grassouillet crispé à cheveux raides et lunettes rondes, commença à s'acharner sur moi. Critique littéraire dans une douzaine de journaux, magazines et émissions télévisées, il fit de mes ouvrages suivants, *Te perdre* et *Pension de famille*, successivement inspirés par la leucémie de ma sœur jumelle et mon divorce, le déversoir d'un fiel brillant qui rongea mon crédit jusqu'en avril 1998, où il tomba sous une rame de métro. Magnanime, dans l'un des journaux où il venait de m'assassiner, j'écrivis son éloge funèbre en ne parlant que du roman prometteur qu'il avait publié vingt ans plus tôt. Sous-entendu : il n'avait rien fait de mieux depuis, et sa légende aurait gagné à ce qu'il mourût plus tôt. A trente ans on inhume encore une promesse ; à cinquante on enterre des concessions.

L'Académie, qui comptait une vingtaine de victimes d'Olivier Saint-Pierre, apprécia, et mon éditeur me fit savoir qu'il était temps d'effectuer mes visites. Un seul Immortel était farouchement hostile à mon élection, parce que j'avais sauté son attachée de presse. La violente campagne qu'il lança contre moi s'arrêta avec son décès, et j'entrai sous la Coupole à cinquante-trois ans. « Maintenant que vous êtes à l'Académie, vous n'avez plus besoin d'écrire », se réjouissait mon cardiologue, inquiet de l'infarctus qu'il imputait à mes livres, vu la consommation de café nécessaire à leur élaboration. J'avais obtempéré, laissant les autres adapter mes romans au cinéma et remplaçant le café par le whisky pour faire plaisir à mon médecin. De toute façon, je n'avais plus de sujet. Ma mère s'enlisait dans l'Alzheimer depuis dix ans, et mon combat de chaque week-end pour lui rendre l'usage des mots n'avait de sens qu'à l'oral. Il a fallu que mon ex-femme soit écrabouillée sur un passage piéton pour que je me sente obligé de reprendre la plume.

C'était bien la peine... La phrase dépitée de ma petite biographe tourne autour du lustre. Un cri du cœur. Un reproche vivant. Comme si elle s'estimait responsable de l'accident d'Anne-Carole, comme si elle l'avait écrasée pour me donner de la matière, et m'en voulait de ne pas avoir été à la hauteur de la chance qu'elle m'offrait. *Vous ne parlez bien que des morts...* Là où d'autres se prenaient pour des muses, elle se rangeait du côté des fournisseurs. Les mythomanes sont souvent inoffensifs, mais, en y repensant, la manière dont elle m'avait lancé au visage sa déception faisait froid dans le dos.

J'ouvre au garçon du room-service, grignote la moitié de mon club sandwich et vide le minibar. A l'heure où mes confrères regagnent les chambres voisines pour faire vibrer les canalisations autour de moi, je finis par sombrer dans un sommeil poisseux où Mathilde Renois, inlassablement, pousse Olivier Saint-Pierre sous le métro, sabote le scooter de l'Académicien et fonce en voiture sur Anne-Carole.

*

Je m'éveillai tard, en sueur, gueule de bois, gorge serrée, la tête lourde. La douche fit partir les traces du cauchemar qui m'oppressait encore, moi qui d'habitude ne gardais aucun souvenir de mes rêves. L'attachée de presse décomposée m'accueillit sous la tente : j'avais raté au moins trois cents ventes pour la fête des Mères – maintenant c'était le creux du déjeuner et j'avais mon avion à quinze heures. Pour la consoler, je lui dis de me prendre le vol suivant, et de prévenir Les Glycines que je viendrais dimanche prochain. De toute façon ma mère n'avait plus le sens du temps, et oubliait ma visite dès que j'avais refermé la porte. « Vous lui faites tellement de bien, mentaient les infirmières, elle attend votre venue avec tellement d'espoir. » Respectueux de leur mérite, je les laissais lutter avec leurs pauvres mots contre le découragement qui éloignait les familles. Moi, je ne risquais rien. Ce n'étaient pas le devoir ni les convenances qui me faisaient venir, c'était l'obsession des neuf cachets violets dans le deuxième tiroir de la table de chevet. Ancien médecin, ma mère n'avait jamais eu d'illusions sur l'évolution de sa maladie, et conservait ces cachets comme un bon de sortie, si un jour son déclin lui devenait insupportable. Façon dérisoire de garder un semblant de contrôle. Elle les avait oubliés depuis longtemps, j'en étais certain – sauf les jours où, brusquement, deux ou trois fois par an, elle se redressait pour me dire sur un ton de fierté menaçante : « Je pars quand je veux. » A moins que ce soit une allusion à la maison d'enfance où elle retournait périodiquement dans son délire, tel un fantôme avant terme hantant les lieux de son drame.

Les infirmières étaient au courant, pour les cachets

violets. J'avais dit que c'était un placebo. Des Smarties. Elles m'avaient cru. Ou elles avaient fermé les yeux. La seule éthique, là-bas, c'était la dignité.

*

J'arrivai rue de Verneuil à vingt-deux heures. Nadège m'attendait sur le canapé, devant les clips de MTV. Des reliefs de McDo jonchaient la table en marqueterie. Je me crispai devant la canette de Coca posée à même le bois.

– Chacun s'exprime comme il peut, me répliqua-t-elle en se levant. Moi, c'est des ronds sur le bois.

Elle se pencha pour m'embrasser, avec toute la douceur qu'elle mettait après chacune de ses vannes. J'aimais bien la liberté avec laquelle elle me traitait. A travers cette géante sans complexes, je me sentais vengé de huit ans de mortification chez les jésuites.

– Je t'ai mis une quiche dans le micro-ondes.

– C'est trop tard pour le ciné ?

– Crise pas : je me doutais, j'y suis allée c't'aprèm. D'façon c'était nul : t'as eu raison de rester à Montpellier. Il faisait beau ?

– Tu aurais pu venir.

– T'es nase au milieu de tes minettes. Je te vieillis et tu me fais honte. Ton bain va être froid.

Elle avait développé en grandissant les deux qualités qui me convenaient : l'indépendance et la carapace. Elle n'avait besoin de personne et tout glissait sur elle, sans pour autant la rendre indifférente. Elle était nulle en tout sauf en sport, soulevait cent kilos, serait prof de gym et à quoi bon se prendre la tête ? Mais les quelques pages qu'elle avait écrites sur la mort de sa maman témoignaient d'une sensibilité à fleur de peau, sous ses aplombs de culturiste et ses maladresses de style. Elle m'avait montré les feuilles à Noël, tout en rangeant sa chambre pour accueillir son nouvel appareil de musculation. « Tiens, je les avais oubliées. Ça t'amuse, avant que je les balance ? » Pudeur typique chez elle. J'avais parcouru les vingt pages, un crayon à la main, corrigeant les fautes dans un réflexe de pudeur similaire. « C'est nul, non ? » Je lui avais répondu : « Nul, non. » Sur un ton de concession, avec la même gentillesse indulgente qu'elle montrait quand elle me faisait soulever ses haltères. Pas dupe, elle m'avait repris les pages, les avait pliées et n'avait jamais commenté ma réaction, jusqu'à son allusion de ce soir à propos des ronds sur le bois. Mais autre chose me tracassait. Dès sa première phrase, j'avais remarqué qu'elle parlait faux. Comme pour gagner du temps, faire diversion.

– Qu'est-ce qui se passe, Nad ?

Elle m'a regardé un instant avec gêne, puis m'a pris contre elle, a posé son menton sur mon crâne.

– Rien, j'espère. Les Glycines ont téléphoné y a vingt minutes. Faut que tu rappelles.

Je n'ai pas bougé. Avec une tendresse maternelle que je ne lui avais jamais vue, elle m'a dit que c'était peut-être mon virement qui n'était pas arrivé. J'ai serré son poignet, et j'ai marché jusqu'au téléphone.

Lentement, j'ai composé le numéro, donné mon nom, attendu qu'on me passe l'étage.

– Votre mère s'est éteinte, monsieur Kern. Un arrêt du cœur. Toutes nos condoléances, de la part de la direction et du personnel. Nous vous prions de croire à nos regrets sincères.

Vu le prix de la chambre, j'y croyais sans peine.

– J'arrive.

J'ai raccroché. Nad se tenait les bras ballants, pieds écartés, comme lorsqu'elle se concentre avant de soulever une charge. Elle m'a souri tristement, du bout des mots :

– C'est une délivrance, pour mamy, non ?

J'ai acquiescé. Elle était trop jeune, elle ne se la rappelait pas *avant*. Elle n'avait pas connu la tombeuse infatigable, la mère célibataire militant par plaisir, l'égoïste au grand cœur toujours prête à plaquer ses enfants pour aller soulager des misères à l'autre bout de la terre. Avec la meilleure volonté du monde, Nadège n'avait qu'un légume à pleurer. C'était à moi maintenant de lui donner par écrit sa *vraie* grand-mère, de la faire revivre avec toute sa superbe, sa liberté, son secret, sa blessure... Brusquement un poids m'est tombé sur le ventre. Les cachets violets.

– Ça va, pap ?

J'ai balbutié une parole rassurante, remis mon imper.

– Tu veux que je vienne ?

– Non, ça va. Tu as cours à huit heures, demain.

– Neuf.

– Ne t'inquiète pas. Je fais juste un saut.

Je l'ai serrée dans mes bras, j'ai pris les clés de ma voiture. Cette Maserati du Goncourt à laquelle j'étais resté fidèle. Cette Maserati qui avait suivi l'enterrement de ma sœur, de mon ex-femme, et qui avait accompagné ma mère, un matin d'octobre, jusqu'à la maison spécialisée où elle avait souhaité – comme elle le disait dans ses derniers accès d'ironie lucide – prendre ses « quartiers d'hiver ».

*

– Vous désirez que je vous laisse seul ?

J'ai confirmé d'un battement de paupières. La directrice a tiré la porte derrière elle. J'ai attendu cinq secondes en fixant maman, le regard plongé dans ses paupières closes. Puis j'ai ouvert le tiroir. Les cachets n'étaient plus là. La gorge nouée, j'ai refermé la petite boîte en porcelaine ronde où souriaient des bergers autour d'un olivier.

Je me suis forcé à rester dix minutes, pour essayer de prier. Mais Dieu était mort chez les jésuites, d'un coup de poing dans la gueule du curé peloteur qui m'avait ensuite fait renvoyer pour outrage à la pudeur. Sa parole contre la mienne. J'avais perdu la foi et gagné la rage, sans laquelle il est vain de vouloir écrire.

J'ai jailli hors de la chambre, demandé à toutes les infirmières de nuit si ma mère avait reçu une visite aujourd'hui, si elles avaient remarqué une jeune femme blonde à queue-de-cheval avec un blouson de cuir bordeaux. Ça ne leur disait rien, mais elles me promirent de demander à leurs collègues de jour. Je ne fis pas l'effort d'inventer un prétexte pour justifier mes questions. Que leur dire ? Je savais bien que c'était absurde, qu'une étudiante ne va pas commettre un crime pour nourrir sa thèse, alimenter l'inspiration défaillante de son « sujet »... Ma seule présomption était un rêve. Mon cauchemar de la nuit dernière se rappelait à moi avec une telle précision qu'il en devenait prémonitoire.

*

Le lendemain, après avoir accompagné Nadège au lycée, je me suis rendu aux pompes funèbres. J'ai expédié les formalités, commandé l'incinération, puis j'ai traversé la Seine en direction du XVIe arrondissement. Sur mon plan de Paris, j'avais localisé l'adresse avec difficulté. Un carré minuscule donnant sur le boulevard Suchet, noirci par les lettres « Sq. des Ec-comb-m-p-l-F ».

Je me suis garé en bordure du bois de Boulogne. Sept bâtiments cossus se partageaient le square autour d'un parterre à la française. Le 4 était un petit immeuble haussmannien ravalé de frais. Dans la colonne des interphones, l'étiquette « Renois » était la plus haute. Sans doute une chambre de bonne, sous les combles. J'ai enfoncé la touche. Au bout de vingt secondes, j'ai recommencé.

– Bonjour.

Je me suis retourné. Elle me souriait, une baguette sous le bras, des sacs Monoprix plein les mains. J'ai retiré mon doigt de la touche, comme pris en faute. J'ai bredouillé :

– Je passais dans le quartier...

– 4725.

Elle a écarté ses bras chargés en désignant le digicode. J'ai composé les chiffres, lui ai tenu la porte en laissant tomber d'un ton neutre :

– Je viens de perdre ma mère.

– Vous voulez monter ?

Je l'ai suivie dans le petit hall marbré. Elle ne paraissait pas surprise par la nouvelle. Mais rien ne la surprenait. C'était un genre qu'elle se donnait – ou le souci d'en faire le moins possible, de peur que ses réactions ne sonnent faux.

Dans l'ascenseur, elle m'a dit qu'elle était navrée pour moi, mais que personnellement elle se réjouissait : j'allais me remettre à écrire. Je n'ai pas répondu. Je sondais son visage de profil, ses lèvres minces, son joli nez, l'arc des sourcils, la petite frange démodée. Elle était banale, totalement ordinaire à part cette détermination figée, cette rigueur de statue lorsqu'elle me dévisageait. Avec l'air de me traverser, de lire en moi, d'anticiper le travail de mon imaginaire.

Elle a ouvert la porte au bout du couloir, et je me suis retrouvé devant moi. Une centaine de photos illustrant des reportages et des critiques tapissaient les quinze mètres carrés du studio, parmi des factures punaisées et des Post-it de toutes les couleurs. Des ébauches de plan, des idées en vrac, des questions. *P. de F. : aveux chap. 13. Les diff. versions de la scène chimio. Rôle du gd-père dans culpabilité. Mère violée pendant la guerre ? Tentation Nad à 9 ans...* J'étais au milieu d'un musée miniature consacré à mon œuvre. Pudiquement, j'ai déplacé mon regard vers les culottes et le torchon qui séchaient sur un fil au-dessus du radiateur.

– Je vous presse une orange ?

Elle a sorti de ses sacs un morceau de viande et des yaourts, les a rangés dans le frigo séparé de son ordinateur par un panneau de polystyrène. Son lit-mezzanine surplombait son bureau, les montants de bois blanc servaient de penderie.

– Non, merci.

– Je manque un peu d'espace, mais je voulais absolument habiter le square. Quand je l'ai découvert sur le plan, en arrivant à Paris, je me suis dit : c'est là. Square des Ecrivains-combattants-morts-pour-la-France, pour moi c'est mieux qu'une adresse. C'est une profession de foi. Vous cherchez vos livres ?

Mes yeux reviennent sur elle. La seule étagère supporte des dictionnaires, une bible et un singe en peluche.

– Ils sont là.

Elle désigne l'ordinateur.

– Vous les avez recopiés ?

– Saisis.

– Pour gagner de la place ?

– M'imprégner, devenir vous.

Elle referme le frigo, ôte de la prise le fil de sa cafetière, branche un presse-agrumes. Sans relever sa réponse, je demande :

– Qui lisez-vous, sinon ?

– Personne. Vous me suffisez. Mieux vaut aller à fond dans un seul que s'éparpiller. La littérature, c'est un hologramme. Brisez-le, et chacun des fragments contient le tout. Que pensez-vous de moi ? ajoute-t-elle sur le même ton en pressant son orange.

Le bourdonnement s'interrompt. Je réponds qu'elle serait le fantasme vivant de beaucoup de confrères. Pas le mien. Je n'aime pas qu'on écrive sur moi. Qu'on m'analyse, qu'on me découpe, qu'on me dissèque. Je déteste les entomologistes, les embaumeurs et les gens qui vivent par procuration.

– Asseyez-vous, dit-elle en désignant la chaise devant l'écran.

Je fixe, au-dessus du bureau, mon visage dans *Match* en 1999, souriant sur un lit de clinique après mon infarctus. *Les confessions du nouvel Académicien : « J'ai failli devenir immortel à titre posthume. »* Je me retourne, lui demande brusquement :

– Vous êtes allée voir ma mère ?

– A votre avis ?

Elle m'observe en biais tout en buvant son jus. J'attends qu'elle repose son verre pour lui mentir :

– Une infirmière m'a donné votre signalement.

– Normal.

Elle rince le verre, entrebâille la petite fenêtre au-dessus de l'évier.

– Pour écrire votre bio, il me fallait du vécu. Il fallait que je compare. Votre vie et ce que vous en faites.

Comment avez-vous trouvé l'adresse ?

– J'ai beaucoup de temps à vous consacrer, monsieur Kern. Tout mon temps, en fait.

Je la saisis par les poignets, lui demande ce qu'elle veut.

– Mon doctorat et une chaire. Vous êtes mon sujet, alors je vous traite au mieux. Mais vous êtes le moyen, pas la fin. Soyez tout à fait rassuré : je n'ai aucune vue sur vous. Je ne vous trouve ni séduisant, ni sympathique, ni mystérieux. Comme je vous l'ai dit, vous êtes prévisible. Et transparent. Tout est dans vos livres.

Mes doigts se desserrent, je laisse retomber mes bras.

– Vous pensez que j'ai tué votre mère ? Je ne peux pas vous donner tort, sur le plan de la logique. Lorsqu'on pousse un critique sous le métro, qu'on sabote les freins d'un Académicien et qu'on écrase une femme boulevard Saint-Michel, rien n'interdit d'euthanasier une grabataire qui n'a plus toute sa tête.

Je m'adosse au mur parmi les photos. Elle a parlé d'un ton goguenard, elle joue avec moi, mais une vraie sincérité court sous le persiflage. J'avale ma salive, objecte que ce n'était pas boulevard Saint-Michel, mais *Saint-Marcel* : la dépêche AFP s'était trompée.

– Il faut bien que je vous laisse une part de doute, soupire-t-elle. Je veux que vous vous posiez le problème, pas que vous alliez porter plainte.

Elle ouvre sa porte, enchaîne :

– Ce n'est pas contre vous, mais j'ai du travail. Vous aussi, maintenant que je vous ai réactivé.

– C'est fini, Mathilde, c'est clair ? Mettez-vous bien ça dans le crâne : mon œuvre est finie, j'en ai plus rien à foutre ! Pendant trente ans, je me suis bousillé la santé et le moral à retourner le stylo dans mes plaies ; aujourd'hui je suis riche, respecté, cardiaque, et je veux profiter des quelques années qui me restent pour dépenser mon fric, apprécier les honneurs, me faire plaisir, humilier ceux qui me lèchent les bottes et me laisser porter par la vie. D'accord ? Vous pouvez faire ce que vous voulez : je n'écrirai plus jamais une ligne. Trouvez-vous un autre sujet.

Elle secoue la tête, doucement, tapote la poignée de sa porte avec un air paisible.

– Vous ne pensez pas un mot de ce que vous dites. Et puis de toute façon c'est trop tard : j'ai tout misé sur vous et nous irons jusqu'au bout.

– Jusqu'au bout de quoi ?

– De votre œuvre. Le grand livre que vous portez en vous, je vous le ferai sortir.

– N'approchez pas de ma fille.

Les mots ont jailli plus vite que ma pensée. J'ai parlé d'une voix blanche. Elle hausse les épaules.

– Ce n'est pas une question de proximité, mais de motivation.

Elle me prend la main, l'ouvre, y dépose un truc chaud sorti de sa poche, referme mes doigts.

– Je ne travaille pas que sur vous, Alexis. Je travaille *pour* vous.

J'écarte mes doigts. Dans le creux de ma paume, les neuf cachets violets.

*

Je suis reparti comme un automate, sous les arbres de l'avenue bordant le Bois. J'ai dépassé ma voiture. J'étais incapable de conduire, un tremblement glaçait tout mon corps, brouillait ma vue. La douleur que je traquais dans mon bras gauche à la moindre contrariété s'était réveillée, diffuse, lancinante. « Ce n'est pas forcément un symptôme, m'avait prévenu le cardiologue, mais c'est toujours un avertissement. » Ma main droite serrait les cachets violets. Pourquoi me les avait-elle donnés ? Elle jouait avec mes nerfs, mais que voulait-elle ? Que je l'innocente, après tous ses efforts pour que je la soupçonne ? Les cachets ne prouvaient qu'une chose : elle était allée voir ma mère. Elle lui avait parlé, dans un de ses rares moments de lucidité, ou alors elle avait interrogé les infirmières. A moins d'être étudiante en pharmacie, on n'identifie pas le Norobtyl dans une boîte à bonbons.

Je me projette des années en arrière pour essayer de localiser un ennemi, une victime, quelqu'un à qui j'aurais pu faire un tort suffisant pour qu'une gamine de sa famille élabore un plan de vengeance aussi pervers, aussi lent, aussi froid. Je ne trouve rien. Personne. Je n'ai aimé que des jeunes femmes libres, jamais d'épouses ni de mères à problèmes, et je me suis toujours débrouillé pour que la rupture émane d'elles. Non, les seules jalousies que j'aie pu susciter dans ma vie sont d'ordre littéraire, et je vois mal une étudiante consacrer des années de labeur au concurrent d'un de ses parents, dans l'espoir qu'un jour il la regardera comme une meurtrière.

Mon téléphone bourdonne contre ma fesse. Je prends la communication. La directrice des Glycines veut savoir à quelle heure je compte venir. L'anxiété qui affleure dans sa voix me stoppe au coin d'une allée. Je m'adosse à un arbre, lui demande quel est le problème.

– J'aimerais mieux vous en parler de vive voix, monsieur Kern.

– Je ne peux pas, ce matin. Qu'est-ce qui se passe ?

Le silence grésille à mon oreille, puis elle reprend d'une voix précautionneuse :

– Ce n'est pas du ressort de notre établissement, mais... je me dois de vous le dire. Nous avons... des interrogations au sujet du décès de votre mère.

– C'est-à-dire ?

Nouveau silence. Je l'entends déglutir.

– Les infirmières, en préparant le corps, ont fait une découverte. Dans la bouche de Mme Kern, il y avait... enfin...

– Il y avait quoi ?

– Une plume.

Elle se lance dans une explication technique que je n'écoute pas. Maman ne supportait pas de poser la tête sur de la mousse. Elle n'aimait que la plume d'oie. Elle avait apporté son oreiller personnel aux Glycines.

– Qu'en pense le médecin ?

– Rien ne permet de conclure à une mort provoquée. Mais si vous souhaitez une autopsie...

L'image me serre le ventre.

– Ça peut être un suicide ? C'est possible de s'étouffer soi-même avec son oreiller ?

– Rien ne permet non plus de l'affirmer... Néanmoins, dans l'état mental où votre mère se trouvait, tout peut être envisagé...

– L'autopsie donnerait la réponse ?

– Le médecin pense que non. L'examen permettrait peut-être d'établir si l'asphyxie est à l'origine de l'arrêt cardiaque, mais pas si l'agression était... extérieure. Une personne atteinte d'Alzheimer avec des accès de schizophrénie peut très bien attenter à ses jours tout en se débattant...

– Ou simplement sucer une plume. Non ?

Je perçois une gêne dans son soupir.

– Désirez-vous que je vous passe le médecin ?

– Non. Pas d'autopsie. Je viendrai en fin d'après-midi.

– Comme vous voudrez. Je tenais toutefois à vous signaler qu'une aide-soignante a confirmé avoir remarqué, hier aux alentours de dix-neuf heures, la personne que vous aviez décrite. Une femme blonde avec un blouson de cuir bordeaux.

Je raccroche, fonce jusqu'à ma voiture. Il est dix heures vingt. Nadège a cours jusqu'à midi. J'appelle les renseignements pour savoir où est le poste de police le plus proche.

*

– Je suis désolé, monsieur, mais ce n'est pas suffisant.

– Pas suffisant ? Mais qu'est-ce qu'il vous faut de plus ? Il y a menace de mort !

– Non, je regrette, répond le flic en faisant défiler ma plainte sur l'écran. Relisez vous-même : il n'y a aucune menace directe, c'est vous qui interprétez... Vous souhaitez revenir sur vos déclarations ?

– Enfin, ça s'appelle quand même une présomption de danger, non ? Je ne vous demande pas d'arrêter cette femme, simplement de la surveiller ! Et de mettre ma fille sous protection.

Il gonfle les joues, se détache de l'écran et recule dans sa chaise à roulettes.

– On n'est pas en Amérique, monsieur. Si on se mettait à surveiller les groupies, toutes les forces de police seraient mobilisées autour des chanteurs, des lofteurs et des joueurs de foot. Sans vouloir vous vexer, elle a pas tort, votre étudiante. Ecrivez un bouquin, et ça ira mieux.

Je n'ai pas insisté. Il s'est radouci, m'a rassuré : il allait signaler le cas et, au moindre problème, ils interviendraient. Je n'ai pas demandé ce qu'il entendait par « problème ».

Sur le trottoir, j'ai appelé le Palais de justice pour parler à Delphine Kern. Une cousine, juge d'instruction, qui m'avait rendu service au moment de mon divorce. D'un ton froid, elle m'a coupé la parole en disant que mes rapports avec mes lectrices n'étaient pas de son ressort. Avant de raccrocher, elle a ajouté que, personnellement, elle avait détesté que je la cite dans le roman sur mon ex-femme.

Je suis retourné rive gauche, et j'ai laissé un message sur la boîte vocale de Nadège pour qu'elle me rappelle dès la fin des cours. Dans la demi-heure suivante, garé devant son lycée, j'ai pris les dispositions pour parer au plus pressé. J'étais en train de donner mon numéro d'American Express lorsque le bip du double appel a retenti. J'ai mis l'agence de voyages en attente.

– Pap ? Ça va ? J'ai trouvé ton message.

– Viens, je suis garé devant la porte.

– Je fais la queue à la cafèt', là. J'ai contrôle de maths, faut que je révise les...

– Tu sèches.

Elle dit OK, raccroche. Je termine mon règlement à distance. Trois minutes plus tard, elle monte dans la Maserati.

– Qu'est-ce qui se passe ?

– Je ne suis sûr de rien, Nad, mais je ne veux pas courir le risque. Une personne a fait une fixation sur moi, et j'ai peur qu'elle t'emmerde. Le temps que j'aie réglé le problème, tu descends dans les Cévennes.

– Tu déconnes ? Je suis en plein dans les contrôles...

– On s'en fout : j'expliquerai à tes profs.

Elle change de visage, me demande avec une douceur inquiète si c'est grave.

– Non. Mais je ne veux pas donner prise.

– Qu'est-ce que je vais foutre au mas, toute seule avec les gardiens ? Et mon anniversaire ?

– Justement. C'est ton cadeau. Un stage de rafting avec l'équipe de France junior.

Elle me regarde d'un air extasié.

– T'as fait ça ? Mais c'est génial ! Merci à ton fan-club : j'adore quand on te pourrit la vie.

Elle avale son sourire en voyant mon expression, me prend la main en plissant les yeux.

– Et mamy ? Je vais pas rater la cérémonie...

– Si. Tu prieras pour elle à distance, dans un beau décor, en train de faire ce qui te plaît... Je suis sûr qu'elle aurait préféré.

Elle me saute au cou, me dit qu'elle m'aime. Je hoche la tête. Elle se rejette en arrière, plante ses yeux dans les miens.

– Tu le dirais, si c'était grave ?

Je soutiens son regard.

– Oui.

– Et c'est quoi, là ? Sexuel ?

– Littéraire.

– J'avais pigé. T'as niqué une lectrice qui s'accroche ?

– Non.

– Tant pis. J'aurais trouvé ça fun. Je serais allée lui casser la gueule : touche pas à mon père !

Un besoin soudain de partager le poids qui m'oppresse bouscule les mots dans ma gorge.

– Ecoute, Nad... Une étudiante travaille sur mes livres et... j'ai l'impression qu'elle fait le vide autour de moi... qu'elle est jalouse de ma famille.

Elle hausse les épaules.

– C'est la mort de mamy qui te fait dire ça ? Arrête la parano : c'était pas un crime !

Elle me scrute pour ne rien perdre de ma réaction. C'est trop tard pour biaiser, modifier mon expression. Je réponds dans un soupir :

– Je me le demande.

Elle ouvre le couffin qui lui sert de cartable, prend une barre vitaminée. Entre les cahiers et les stylos, je reconnais la liasse de feuilles jaunes pliées en deux. Beaucoup plus épaisse que la dernière fois. J'ignorais qu'elle avait continué son début de livre.

– Je pars pas. Je vais pas te laisser seul si tu te fais ce genre de plan.

– Ne discute pas, Nad. Tu prends l'avion de seize heures pour Montpellier.

– Je suis en danger, c'est ça ? Il est nul, ton trip, tu fais chier.

Elle croise les bras, s'enfonce dans le siège, mastique d'un air buté. Je prends ma respiration. Je voudrais qu'elle soit consciente du risque, sans lui gâcher son cadeau d'anniversaire.

– Nad, je pense que cette fille est inoffensive, mais elle est vraiment dingue. Elle veut absolument que j'écrive un nouveau roman et... elle pensait que la mort de mamy serait un déclencheur.

– Eh ben vas-y : fais ton bouquin ! Je vois pas où est le problème.

Je tape sur le volant.

– Tu ne comprends pas : je lui ai dit ce matin que je n'écrirais plus jamais ! Pour elle, ça veut dire que mamy n'était pas suffisante. C'est à toi qu'elle va s'en prendre ! Tu es tout ce qui me reste !

– Non mais tu délires ? C'est une fille super !

Je sursaute, horrifié.

– Tu la connais ?

– On parle bien de Mathilde ?

Mon silence lui répond.

– Ben oui, je la connais.

J'avale ma salive, m'efforce de rester calme, ouvert, maître de moi.

– Depuis quand ?

– Six mois.

– Six mois ? Mais comment tu l'as... ? Comment elle t'a... ?

– Un jour, elle m'attendait à la fin des cours, elle m'a dit qu'elle faisait ta bio et qu'elle voulait me poser des questions.

– Et tu ne m'en as pas parlé ?

Elle se détourne.

– C'étaient des questions de filles. Ça te regardait pas.

Je reprends mon souffle, la dévisage en contenant mon émotion, mon angoisse, ma colère.

– Ça *nous* regarde, Nadège. Toi et moi. Qu'est-ce qu'elle t'a dit ?

– Rien. On a parlé. De la vie, des mecs, de toi, de maman... Je lui ai montré ce que j'avais écrit. Ben oui, elle s'y connaît elle aussi. Y a pas que ton avis dans la vie... Elle a trouvé ça bien.

Je tourne la clé de contact, entrouvre ma vitre.

– Et elle t'a paru... normale ?

– Ça veut dire quoi, « normal » ? T'es normal, toi, à te croire en danger dès qu'une femme s'intéresse à toi ? Elle a raison, Mathilde : depuis que t'as arrêté d'écrire, tu tournes plus rond.

– Tu la rencontres souvent ?

– Elle m'appelle de temps en temps, on boit des coups...

– Elle est allée voir ta grand-mère. Tu le savais ?

– Non. Mais c'est normal, pour ta bio.

– Jure-moi que tu ne lui diras pas où tu es.

– OK, je te jure. Tu me lâches, là, ça va ?

Je démarre. Au bout d'une centaine de mètres, elle me demande pourquoi je ne viens pas au mas avec elle. Le temps que je mette sur pied une raison valable, elle répond pour moi :

– Tu penses qu'elle t'espionne et qu'elle te suivrait. D'accord. Allez, on arrête de se prendre la tête, je fais ma valise et je te laisse l'appart. En échange, tu me jures un truc. Ou t'en profites pour écrire et ça te passe les nerfs, ou tu appelles une copine et tu t'éclates un peu. Je veux pas te voir avec une gueule comme ça quand je rentre, Alex. Tu me jures ?

Elle lève sa main. Je lui claque la paume, et me concentre sur la circulation pour reprendre mon sang-froid.

*

Quinze heures par jour, quatre-vingt-douze pages. J'avais oublié l'ivresse d'écrire dans le silence, d'emplir de mes phrases un appartement vide, de laisser le passé reprendre le pas sur le présent en défaisant la trame du réel, pour retisser les événements dans mon sens, à ma mesure. La véritable ivresse, le contraire du flou sans fond où me plongent les cuites. Rien sur terre ne m'aura donné autant d'émotion, autant de puissance que ces heures en marge de la vie, où je refais le monde par dépit, par défi, par vengeance. Qu'importe le déclencheur, les étapes par lesquelles je dois passer pour lancer mon processus de création. Je ne regrette rien. Je recycle tout. La mort n'est pas une fin mais un moyen, et je vaux la peine de survivre.

Ma mère a repris corps jusque dans les détails oubliés, les malaises enfouis, les rancœurs censurées. C'était une plaie vive, un poids mort, et maintenant c'est un personnage formidable. Tout le monde va l'aimer, l'excuser, la comprendre...

J'ai dû m'interrompre vingt-quatre heures : l'incinération, puis l'aller-retour pour vider l'urne dans notre maison natale. Son testament était sa dernière vacherie – son dernier cadeau. *Je demande à mon fils Alexis de disperser mes cendres dans le lit de la chambre mauve.* Son lit de jeune fille. Le lit où elle nous avait conçus, ma sœur et moi. Les enfants de la guerre, les enfants du viol... J'ai suivi ses volontés à la lettre, conscient du chapitre formidable que j'allais en tirer.

Tout était resté en l'état sous les couches de poussière, dans la maison du bord de mer au milieu des pins malades et des ronces ensablées. La maison maudite, qu'elle avait tant aimée avant que les nazis ne la réquisitionnent, et qu'elle avait depuis laissée à l'abandon, sans jamais consentir à y revenir pour la vider, la vendre ou la louer. La maison de ma naissance dont elle m'avait dégoûté à jamais, et qu'elle m'offrait à titre posthume pour que j'y fasse revivre son passé...

On sonne à la porte. Je relève la tête de ma feuille, hagard, dans mon nuage de fumée, laisse la chambre mauve se dissoudre tandis que les bruits de Paris se réinstallent autour de moi. Je rature un mot, termine la phrase. Deuxième coup de sonnette. Je regarde le réveil. Il est midi de je ne sais quel jour. Téléphone et répondeur sont coupés ; je ne les rebranche que le soir pour appeler Nadège et Pizza Quick.

Je repousse ma chaise, boutonne mon pyjama, vais coller mon œil au judas. Mathilde Renois. Un paquet plat dans les mains. J'entrebâille.

– Je vous dérange ?

– Oui.

– C'est pour votre fille.

Elle me tend le paquet. Pâtisserie de Verneuil. Merde, c'est jeudi.

– Vous lui souhaiterez un bon anniversaire.

– Elle n'est pas là.

– Je sais.

Mes doigts se serrent sur la poignée.

– Vous avez eu peur que je m'en prenne à elle et vous l'avez mise à l'abri quelque part. Excellent prétexte, n'est-ce pas ? Ne me remerciez pas. Enfin vous êtes seul, sans remords de conscience, et vous pouvez travailler tranquille. Vous m'offrez un verre ?

J'écarte le battant, elle entre, va droit jusqu'au salon, s'arrête devant mes feuilles, ne regarde que le numéro de la page.

– Impressionnant. Je suis très flattée.

Elle se retourne avec un sourire radieux.

– Vous pouvez lui faire parvenir son gâteau, ou c'est trop loin ?

– Vous me dérangez, Mathilde.

– Je vous alimente. Allez, on fait comme si elle était là.

Elle me reprend le paquet des mains, dénoue le ruban, ouvre le carton sur la table en marqueterie. *Nadège* est écrit à la crème au beurre sur fond de chocolat. Elle s'agenouille et commence à planter les bougies sorties de sa poche. Je referme la porte. Je suis dans l'état second où même les interruptions trouvent une place dans le récit. La scène que j'observe depuis le seuil s'intercale comme par magie au milieu du passé que je reconstruisais. Une parenthèse d'aujourd'hui qui donne un arrière-plan, décale, resitue, entre en résonance avec les drames d'autrefois.

Je sors deux assiettes, viens derrière elle. Sa queue-de-cheval est très haute, son cou offert, délicat, balayé par une mèche en virgule. Ce serait si facile de l'étrangler en état de légitime défense, maintenant que j'ai porté plainte. De faire d'elle à mon tour un sujet. Ou de la basculer sur ma table, de la violer parmi les pages qu'elle a voulu que j'écrive. Un coussin sur la bouche, et son corps brûlé au fond d'un ravin dans la Maserati qu'elle m'aurait volée...

– Nad se plaît dans les Cévennes ?

Sa voix me parvient comme un écho lointain. Je m'assieds en face d'elle, pour calmer le vertige. Une crampe dans le bras. Les fourmis de l'écriture, à moins que ce soit le signal d'alerte... Ou simplement la faim, déclenchée par l'odeur du gâteau. Je n'ai rien mangé depuis hier soir. Elle coupe une part, me tend l'assiette. J'avale trois bouchées sans la quitter des yeux. Assise en tailleur, elle m'examine en retenant sa respiration, comme si je faisais quelque chose d'important.

– C'est bon ?

– Excellent.

– Ça vous rend beau, l'écriture. Vous n'avez plus rien de commun, quand vous vous dites que *ça valait la peine.*

– Comment vous savez, pour les Cévennes ?

– Oubliez. Vous êtes ailleurs, en ce moment ; laissez Nadège dans la réalité.

Un engourdissement me gagne tandis qu'elle continue à parler, d'une voix de plus en plus lente, de plus en plus douce :

– C'est drôle, vous n'avez même pas soupçonné une seconde que j'aurais pu empoisonner son gâteau. C'est dire si vous êtes dans votre livre, si votre mère vous inspire... Du coup vous n'êtes plus du tout inquiet pour votre fille. Vous avez raison. Elle ne risque rien, désormais.

Un voile danse devant mes yeux. Je me laisse aller contre les coussins, cale ma tête.

– C'est beau, le début de roman qu'elle vous a montré, non ? Elle est douée. Beaucoup plus que vous. Beaucoup plus sincère. Elle n'a pas besoin de détruire pour recréer, elle. Mais vous lui faisiez trop d'ombre. Jamais elle ne serait allée au bout, de votre vivant. Et puis, un jour, vous vous seriez fait prendre. Jusqu'à présent, je suis la seule à avoir deviné la vérité... Mais il suffit de plonger dans votre bio pour faire les recoupements. Je vous ai menti, Alex. Ce n'est pas l'homme de lettres qui me passionne : c'est le tueur en série. J'ai voulu vous remettre en condition, vous réactiver pour confirmer ou non mes intuitions.

Une onde glacée envahit ma poitrine. Je comprime mon bras pour maîtriser la douleur.

– Mathilde... Les pilules, dans ma veste... Sur la chaise de l'entrée...

– Non. Je protège Nad, et je lui donne un formidable sujet. Vous serez l'œuvre de sa vie.

La douleur me plie en deux, je me laisse glisser sur le tapis.

– Vous avez toujours tué ceux qui vous barraient la route. De votre grand-père qui ne voulait pas qu'on lise ses mémoires de son vivant, jusqu'à votre ex-femme qui menaçait de vous attaquer en justice si vous la mettiez dans un livre, en passant par le critique qui vous ridiculisait et l'Académicien qui faisait campagne contre vous.

– Mathilde... Ma veste...

– Après notre rencontre, après ce que je vous avais dit sur votre mère, j'ai bien pensé que vous iriez l'euthanasier. En remontant de Montpellier, je me suis précipitée avant vous aux Glycines, pour enlever les cachets de son tiroir. Je pensais que ça vous arrêterait. Mea culpa. Je n'avais pas pensé à l'oreiller.

– Mais je n'y suis pour rien... C'est elle !

– Un suicide ? En ne trouvant plus ses cachets, son droit de mourir dans la dignité le jour de son choix, elle se serait étouffée elle-même avec son oreiller ? C'est possible, mais le lecteur n'y croira pas. Non, je ferai en sorte que Nadège vous envisage sous l'angle du matricide. Quel beau personnage vous allez être...

– Mathilde... ne me faites pas ça... Les pilules, vite...

– On sera très heureuses, toutes les deux, et je vous jure qu'elle ne vous oubliera jamais.

J'essaie de me relever, retombe, la main crispée sur le cœur.

– Bon, ben je vous laisse : j'ai mon avion dans deux heures. C'est superbe en cette saison, les Cévennes. Bien sûr, il n'y avait aucun poison dans le gâteau. Vous avez fait le travail tout seul. Mais quand Nad vous trouvera comme ça devant ses bougies d'anniversaire, l'image sera un formidable « déclencheur », comme vous dites. L'ouverture de son roman. Qu'en pensez-vous ?

J'ai entendu la porte se refermer. Et je suis mort en pensant que c'était un bon début.

2.

Attirance

Quand elle entra dans le bureau, trois femmes la regardaient. La première sortait d'un océan rouge, à droite d'une station-service engloutie dans le sable. La deuxième était crucifiée sur un cadran de montre où elle indiquait neuf heures quinze minutes trente secondes. La troisième était juge d'instruction, et raccrocha son téléphone pour détailler Rovak Charlotte, née le 17 septembre 1982 à Bobigny dans le 93, célibataire, blouson de moto, dentelles noires, look gothique, pas de casier. Le regard de l'arrivante allait de gauche à droite, comparant les visages sur les deux tableaux posés par terre, de chaque côté de la juge.

– Bonjour, mademoiselle Rovak. Merci de vous être déplacée.

– Pas grave. C'est « Madame la » ou « Madame le » ?

– Madame suffira. Asseyez-vous, je vous en prie. Je préfère vous dire tout de suite que je ne crois ni à l'au-delà, ni aux esprits, ni à Dieu, ni au diable.

– Bon, ben, salut, fit Charlie en se relevant pour partir.

– Mais la police et la gendarmerie font parfois appel à vous, et...

Les points de suspension arrêtèrent Charlie qui se retourna, au centre du parquet usé, et la défia d'un regard fixe.

– Je vous écoute, mademoiselle, dit la juge dans un soupir.

Charlie changea son chewing-gum de joue et revint s'asseoir. Elle déclara :

– J'étais chez Christie's, hier après-midi.

Delphine Kern la regarda, attentive, sans manifester de réaction. En d'autres circonstances, elle aurait trouvé cocasse d'entendre cette gamine de Bobigny dire « chez Christie's » comme on dit « chez McDo ».

– Ça s'est bien vendu, non ? reprit Charlie.

– Très. Et encore, il ne s'agissait que d'un paysage.

Les yeux de Charlie revinrent sur *Attirance* et *Attirance 2*, huiles sur tôle. La beauté qui émanait des corps nus peints à même la rouille lui inspirait un mélange de gêne et d'écœurement. Elle cracha son chewing-gum dans son poing, chercha autour d'elle.

– C'est le plan Vigipirate ?

– Pardon ?

– On vous a enlevé votre poubelle.

– Je dispose d'un broyeur.

– Classe, commenta Charlie, et elle remit son chewing-gum dans sa bouche.

– Vous avez pu travailler sur les photos ?

Charlie sortit de son sac à dos les Polaroid que lui avait fait parvenir la juge : deux gros plans des visages peints sur les tôles ondulées. Elle les posa entre les piles de dossiers en attente.

– Je les capte pas, ces filles.

Delphine sentit sa gorge se nouer.

– Vous voulez dire que, d'après vous, elles sont bien mortes.

– Non. J'sais pas, en fait. Je m'attendais pas à ça.

La pendule de la cheminée murée sonna deux coups dans le silence.

– A quoi vous attendiez-vous, mademoiselle ?

Tout à coup, Charlie avait l'air d'une ado qui sèche à l'oral du bac.

– Mais me regardez pas comme ça ! s'énerva-t-elle. J'suis pas une branleuse, je retrouve un disparu sur quatre avec mon pendule ! Ça me parle, à moi, une photo, vous comprenez ? Je peux me planter, mais ça me parle ! Toujours ! Et ces deux-là, elles me disent rien ! Rien ! Comment vous expliquez ça, vous ?

Delphine se leva, contourna la table, alla jusqu'à la Thermos calée sur une étagère entre deux classeurs.

– Café ?

– Jamais.

– Je n'explique pas, mademoiselle. Je n'ai rien dans mon dossier. Un peintre est en prison depuis six mois parce qu'il s'accuse d'avoir assassiné deux filles dont on n'a jamais retrouvé les corps, alors en désespoir de cause je m'adresse à une voyante, voilà !

– J'suis pas voyante, j'suis radiesthésiste.

– Je m'en fous ! Je veux savoir où elles sont, ces filles ! Où elles sont !

– Là, répondit Charlie d'un ton sobre, en désignant les tableaux.

La juge se figea, tasse à la main, sucrette en suspens. En d'autres circonstances, Charlie aurait trouvé marrant de voir une fonctionnaire de la justice se conduire comme une accusée qui perd ses repères. Avec son chignon sage, son air paumé des beaux quartiers, sa quarantaine sans silicone et son tailleur à la mode de l'an dernier, on avait du mal à croire qu'elle avait envoyé en prison deux ministres, un mollah terroriste, un évêque pédophile et une star du foot.

Charlie quitta son fauteuil, s'approcha des tôles posées contre le mur, désigna les dates figurant en haut à gauche, sous le pigeon aux ailes déployées servant de signature à l'artiste.

– Cécile Mazeneau, 21 ans, étudiante, disparue de son domicile le 15 janvier. Rébecca Wells, 20 ans, mannequin, disparue de son agence le 3 février.

Delphine but son café, revint s'asseoir d'une fesse sur son bureau.

– Je ne crois pas au surnaturel, mademoiselle.

– Et la connerie des gens, vous trouvez ça naturel ? Il suffit qu'un peintre inconnu s'accuse d'avoir tué ses modèles, et du coup sa peinture devient géniale : on se l'arrache, il est dans tous les journaux...

Fatiguée, la juge la dispensa de ses considérations sur le marché de l'art. Charlie répondit en tapant sur la table :

– Elles sont pas mortes, ces filles ! OK ? Ou alors, elles l'ont *voulu*. Quand je suis sur la photo d'un clams' et que j'entends quelque chose, c'est qu'il a besoin de moi. Vous comprenez ?

– Un « clams' » ?

– Un clamsé. Il est pas bien où il est, dans son terrain vague ou sous la flotte, il veut se faire enterrer avec les couronnes, les cloches, l'imam ou le rabbin – les morts c'est encore plus bourge que les vivants... Mais là, ces filles, si elles sont clams', elles vont très bien. Elles ont rien à me dire.

– Et... vous ne retrouvez jamais les gens vivants ?

– Non. Y a que les morts qui me parlent. Quand ils veulent me parler.

Elle s'approcha de Delphine, lui donna une tape sur le bras.

– Allez, faut pas flipper. Il a très bien pu les brûler dans sa chaudière, aussi. Avec le feu, je capte mal...

– Ou bien ?

Charlie soutint son regard, hésita, décida de ne pas se dérober.

– Ou bien il leur a jeté un sort dans le genre vaudou, il leur a pris leur âme pour en faire un portrait, c'est devenu des zombies, et le seul endroit où elles vibrent encore, c'est là. Vous préférez ?

Delphine posa son regard fatigué sur les filles qui souriaient, nues, graves et radieuses, pleines de vie dans leur prison de peinture.

– Vous me voyez transmettre ce type de conclusions au procureur ?

– Ça fait cinquante euros, déplacement compris.

*

Pluie, banlieues, cités, chantiers... On démolissait les tours pour construire des ronds-points. Au volant de sa Mégane gris ciel, Delphine se demandait où passaient les gens. Ils devenaient virtuels. On les relogeait dans les logiciels et les jeux vidéo. Ça expliquait la baisse de la criminalité.

Dans le terrain vague jouxtant la prison, un bulldozer

déblayait les gravats de l'aile effondrée. Construits sur une rivière souterraine et frappés d'un arrêté de péril, les bâtiments étaient officiellement désaffectés depuis trois mois. Delphine s'arrêta devant la grande porte en acier noir, klaxonna, coupa le moteur.

Allumant une cigarette, elle repensa aux propos qu'avait tenus la radiesthésiste, la veille, dans son bureau. Elle avait beau ne croire en rien, elle s'efforçait d'être ouverte à tout, mais ce n'était qu'un réflexe professionnel. Eviter que l'a priori n'occulte l'indice. Depuis ses cauchemars d'enfance dus aux contes de fées que lui racontait son père, elle détestait l'irrationnel.

Au bout d'un moment, le gardien ouvrit le portillon découpé dans le vantail gauche, fit taire le berger allemand qu'il tenait en laisse. Elle descendit de voiture, remonta son col d'imper et suivit le vieil homme qui traînait la jambe en s'excusant pour l'attente : l'humidité réveillait son arthrose. Ils traversèrent la première cour, franchirent le portique désactivé, s'engagèrent dans les coursives. L'écho des gouttes dans le silence dissimulait à peine le trottinement des rats.

– C'est la 87. Vous souhaitez entrer, madame le juge ?

– Non, ça ira.

– Comme vous voudrez. Vous préférez que j'attende ici ?

– Merci.

Ils étaient arrivés devant la grille isolant le quartier H.

Sans même un regard, trente ans d'habitude dans les doigts, il sélectionna une clé dans son énorme trousseau, ouvrit.

– Ce n'est pas trop difficile pour vous ? demanda-t-elle en s'efforçant de sourire au vieil homme qui flottait dans son uniforme usé.

– Quoi donc ?

Il avait l'air surpris par la question. Elle n'insista pas. Il s'effaça, referma la grille derrière elle, lui dit qu'il restait là. Lentement, gelée par les courants d'air qui sifflaient entre les carreaux de la verrière, elle parcourut les derniers mètres, tourna au coin du mitard dont la porte ouverte grinçait doucement sur ses gonds.

Au-dessus des chiffres 87, elle tapa deux coups.

– Oui.

Elle fit coulisser le volet du judas. Jef Hélias était seul dans la cellule pour quatre, au milieu de son œuvre. Une forêt de symboles, de planètes, de trompe-l'œil, de visages esquissés dans les nuages recouvrait les murs et la moitié du plafond. Torse nu, il faisait des pompes.

– Bonjour, monsieur Hélias.

Sans s'arrêter, il jeta un regard distrait vers le judas grillagé. Elle l'informa qu'elle allait transmettre son dossier au procureur à la fin du mois, et qu'il serait peut-être temps pour lui de prendre un avocat. Il fit non de la tête en continuant ses exercices. Elle regarda les muscles dilater l'arbre tatoué sur son bras, détourna les yeux vers l'armoire métallique, seule tache de couleur réglementaire au milieu de la fresque.

– Je comprends que le jeune homme qu'on vous a commis d'office ne vous ait pas semblé... Enfin, je comprends que vous l'ayez récusé, mais... Bon, ce n'est pas mon rôle de jouer les intermédiaires, cela dit je connais un très bon pénaliste qui souhaiterait assurer votre défense. C'est aussi l'un des meilleurs spécialistes dans le domaine de la propriété artistique.

Il secoua de nouveau la tête en la fixant, d'un air aimable et protecteur. Jamais elle ne s'était sentie aussi mal à l'aise devant un prévenu. A chaque fois, elle avait l'impression d'être face à un contrôleur du fisc. Un prédateur patient qui sondait ses réactions, ses intentions, sa résistance. Elle n'en laissait rien voir et il ressentait tout. A défaut d'arguments, elle tenta l'ironie :

– Vous avez les moyens, maintenant... Au tarif où se négocient vos tableaux, payez-vous un bâtonnier.

– J'ai fait combien, à la vente Christie's ?

– Cent mille euros.

– Plus les frais ?

– Oui.

– C'est pas mal, pour une tôle ondulée.

Il avait parlé sans aucun enthousiasme, comme on commente l'indice des prix. Elle ne savait pas ce qui la déstabilisait le plus : son indifférence à son sort, la tristesse totale qui émanait de lui quand il cessait de provoquer, ses éclats d'enfance ou sa lucidité revenue de tout. Il avait trente ans, il en paraissait tantôt vingt, tantôt cinquante. Il ne ressemblait à rien et elle n'avait jamais connu un tel charme.

Il sauta sur ses pieds, attaqua une série de flexions.

– Ça vous ennuierait de vous arrêter pendant qu'on parle ?

– Oui.

– Vous préférez que je vous convoque au Palais ?

– Comme vous voulez. Moi, je suis libre.

Elle soupira, monta la main vers la grille du judas, la laissa retomber à cause de la rouille.

– Monsieur Hélias... Nous savons vous et moi que cette situation ne nous mène nulle part.

– *Vous*, elle ne vous mène nulle part. Moi je suis très bien, ici. C'est idéal pour travailler.

– Je reviens du Loir-et-Cher, où les gendarmes ont repêché une fille dans un étang. Son signalement correspondait.

– Cécile ? Rébecca ?

Rien n'avait transparu sur son visage. Il avait lancé les deux noms sur le même ton, séparés par une flexion.

– Je suis un petit peu fatiguée d'arpenter la France pour essayer de donner du corps à vos aveux, monsieur Hélias.

Il s'assit en tailleur sur le sol, agacé, une serviette autour du cou.

– Je m'échauffe, là. Vous ne pouvez pas revenir une autre fois ?

– Non.

– Allez au parloir, au moins. Je finis et je vous rejoins.

– Il n'y a plus de parloir, répondit-elle en le fixant. Il s'est effondré.

– Me regardez pas comme ça, madame Kern. J'y suis pour rien. Si ? ajouta-t-il avec une lueur goguenarde.

Elle s'abstint de répondre, l'informa d'un ton neutre que le compagnon de Rébecca, un industriel du recyclage, venait de mettre fin à ses jours. Il répliqua d'un air indifférent que, là, il n'y était pour rien.

– Au fait, enchaîna-t-il, je peux vous poser une question ?

– Allez-y.

– Kern... Vous avez quel lien de parenté avec l'écrivain ?

– C'est un vague cousin, pourquoi ? Vous l'avez lu ?

– Je l'ai peint. Un de ses livres, du moins. *Villa Marine.* L'œuvre posthume que sa fille a fait publier.

Delphine resta de marbre. Elle n'avait rencontré son cousin qu'à deux reprises : son divorce et ses obsèques. Les romans de nécrophage où il faisait mijoter ses secrets de famille lui donnaient froid dans le dos. Le peintre poursuivit :

– L'idée d'une maison vampant jusqu'à la mort les hommes de passage pour se venger d'un viol... J'adorais.

Je suis allé sur place, j'en ai fait un tableau assez fidèle...Vous vous entendiez bien avec votre cousin ?

– Je ne vois pas le rapport avec votre affaire.

– Vous avez tort. Il y a du sang dans votre famille, madame la juge. Du crime et des fantômes. Vous êtes peut-être la seule à pouvoir me comprendre... C'est pour ça que je vous ai choisie.

Elle sursauta.

– Choisie ?

– Ce n'est pas un hasard si on m'a déféré devant vous.

– Arrêtez votre délire. On choisit son avocat, pas son juge d'instruction.

– Bien sûr. Mais pourquoi le procureur vous a-t-il saisie de mon dossier, Delphine ? J'influence qui je veux, même à distance, vous en aurez bientôt un aperçu...

Il se releva d'un coup.

– Hop ! Vous m'excusez, mais je suis chaud.

Il alla préparer sa palette, choisit un pinceau, et se dirigea vers l'escabeau pour continuer sa fresque au plafond. Elle l'observait, glacée de l'intérieur. Utilisant la technique pointilliste pour travailler les écailles d'un démon, il tenait son pinceau comme un poignard. Elle chassa l'image de sa tête, revint sur la paroi gris métal de l'armoire.

– Pourquoi vous obstinez-vous à peindre des murs qui vont être rasés dans un mois ?

– Parce que des murs peints par moi ne seront pas

rasés. Je viens de faire quatre cent mille euros en cinq tableaux sur huit jours. OK ? Ici, avec les huit cents mètres carrés de l'aile gauche et ma cellule, vous en avez pour combien ? Deux millions.

Un pigeon vint se poser sur le rebord du soupirail.

– Vous croyez que le ministère de la Culture va laisser les bulldozers foutre en l'air deux millions ?

– Ce n'est pas mon problème, dit Delphine.

Jef sortit de sa poche un morceau de pain dur, l'émietta en serrant le poing. Le pigeon picora avec une lenteur mécanique.

– Quand j'aurai terminé, ils découperont les murs au laser. Ou ils injecteront du béton dans le sous-sol, pour consolider la prison et me faire un musée.

– C'est la dernière fois que nous nous voyons : mon instruction est close. A moins que vous me disiez enfin la vérité, monsieur Hélias.

– Jef.

Il descendit de l'escabeau et avança lentement vers elle, le pinceau pointé. Malgré la porte, elle recula d'un pas.

– S'il vous plaît... J'adore entendre mon prénom sur vos lèvres. Il vous va très bien.

– Vos aveux n'ont pas valeur de preuves.

– Mais c'est pas ma faute, merde ! cria-t-il soudain. J'ai tué ces filles dans un état second, je me rappelle rien !

Je vous ai dit de m'aider à reconstituer les faits, c'est votre métier, bordel !

– Tout va bien, monsieur Hélias ? glapit la voix du gardien.

– Oui, ça va !

Il avait lancé sa question depuis la grille de coursive. Delphine eut à peine le temps de s'étonner que cet appel inquiet fût adressé *au détenu* – déjà le peintre enchaînait :

– Je vous ai dit de chercher des traces de sang, si jamais je les avais débitées en morceaux, je vous ai dit de siphonner ma baignoire, des fois que j'aurais dissous leurs corps dans de la chaux ou de l'acide...

– La police a tout fait, on a cherché partout, prélevé la moindre fibre, analysé la moindre tache : on n'a rien trouvé, rien ! cria-t-elle à son tour. Vous savez à quoi j'en suis réduite ? Je me suis adressée à une radiesthésiste !

Il leva un sourcil, instantanément calmé.

– Ah ? Une voyante ?

– Une radiesthésiste. Une fille qui retrouve les corps avec un pendule.

– Formidable, commenta-t-il, neutre. Bon, j'ai un plafond qui m'attend.

Il remonta sur l'escabeau et continua son nuage.

– Elle ne les sent que dans un endroit, reprit-elle sans le quitter des yeux. Dans vos tableaux.

– Elle ressemble à quoi ?

– Vous la verrez au procès.

– Vous la ferez comparaître ? Génial. Mon seul témoin, c'est une voyante.

– Il y aura aussi les familles des disparues.

– Oui, ça va, coupa-t-il froidement, sans cesser de peindre. Epargnez-moi le pathos. C'étaient deux gourdasses avec un visage sublime qui aurait bouffi sous la connerie, le confort et les concessions, si je les avais laissées vivre. Tout le monde est beau, à vingt ans. Après, on a la tête qu'on mérite.

– Gardez votre numéro pour les jurés.

Il plongea les yeux dans les siens, l'étudiant fixement à travers le grillage.

– Et vous, madame la juge, vous croyez que vous n'avez tué personne dans votre vie ? Avec votre regard qui a refusé de voir ceux qui auraient voulu de vous. A chaque minute sur terre on tue, mais on a les mains propres. Moi non. J'ai de la couleur sur les mains. Je capture les âmes et j'élimine les corps. Dieu fait la même chose, non ? Mais le diable, au moins, il se dénonce. Il expie ses fautes, quand il se trompe. Ou quand il a une absence. Demandez à votre voyante.

Il se remit à peindre, comme si elle n'était plus là. Au bout d'un moment, elle repartit. Le gardien n'avait pas bougé, le chien couché à ses pieds. Il lui ouvrit la grille de coursive, la raccompagna vers sa voiture. La pluie avait cessé. Il lui demanda ce qu'elle en pensait. Par besoin de silence, elle répondit qu'elle ne savait pas.

– Moi en tout cas, dit-il d'une voix où perçait le reproche, je n'ai jamais vu de peinture aussi belle.

*

Dans la fumée de l'ébullition, le téléphone coincé sous le menton, Charlie versait les spaghettis dans la passoire.

– Je voudrais pas vous vexer, madame Kern, mais il vous rend un peu dingue, ce mec.

– C'est vous qui m'avez dit, en voyant les tableaux : « Les filles sont là. »

– Ecoutez, j'attrape des choses, moi, je sens des présences, mais je sais pas d'où elles viennent. Quand je dis que les filles sont dans les tableaux... Ils sont peut-être chargés, c'est tout.

– Chargés ?

– Peut-être qu'elles voulaient pas se faire sauter, et qu'il se branlait devant leur portrait.

– Il faudrait que je vous revoie, mademoiselle. Il y a des choses que je ne vous ai pas dites, et... je ne sais pas à qui les dire.

Dos à son bureau, Delphine parlait en regardant les tableaux. Elle qui ne se livrait jamais éprouvait, pour une fois, le besoin d'exprimer ses doutes, de partager son désarroi avec une inconnue dont l'opinion ne la mettait pas en danger. Touchée de cette confiance qui lui donnait l'avantage, Charlie répondit :

– C'est dur, hein, quand on se met à croire à tout ça... On se sent vachement seule.

– Vous êtres libre, là ? Vous voulez qu'on déjeune ?

Charlie regarda les pâtes qui collaient dans la passoire, lui donna rendez-vous à treize heures trente chez Rodolfi, un italien derrière le Palais de justice.

– Vous connaissez le quartier, remarqua Delphine.

Charlie coupa la communication, dit à Maxime de manger les pâtes tout seul, découvrit qu'il était en train de se rouler un joint devant la minichaîne Bose prélevée sur un cabriolet Audi.

– Arrête de te faire des buzz devant moi ! C'est pour toi que je me casse le cul à être sympa, je te signale ! Elle est juge d'instruction, la femme ! Alors on dit merci !

Il lui sourit, l'air lointain, profond et zen, enfoui dans son fauteuil de Jaguar X-Type, aspira une bouffée. Elle haussa les épaules, et alla prendre le RER.

Dix stations plus loin, elle se retrouva dans la pizzeria à tommettes et poutres basses où elle allait se réfugier, l'an dernier, entre deux suspensions d'audience, pendant que Maxime était jugé pour complicité de recel. Serrée contre un radiateur sous un jambon de Parme, Delphine Kern, l'air abattu, parcourait le menu comme on lit le journal. Elle releva les yeux quand Charlie s'assit en face d'elle.

– Y a du neuf ?

Delphine secoua la tête, lui fit promettre que leur entretien resterait confidentiel.

– Je suis dangereuse pour votre carrière ? sourit Charlie.

– Vous le ressentez comment ? Sans le connaître, là, comme ça... A priori.

– Ben, si je le ressens à travers vous... Il me fait de l'effet, quoi.

Delphine rougit, se pencha vers son cartable. Charlie en profita pour déposer assiettes, verres, couteaux et fourchettes sur le rebord de la fenêtre, le temps de retirer le carré de papier qui protégeait la nappe en tissu.

– Je supporte pas les bavoirs, fit-elle en remettant le couvert. Au prix où on bouffe, on a le droit de faire des taches. Vous avez une photo de lui ?

Delphine sortit de son cartable un dossier, en tira deux épreuves d'identité judiciaire, face et profil, qu'elle étala devant Charlie. Elle y joignit une coupure de presse récente : *Jef Hélias – l'évasion intérieure*, où l'on voyait l'artiste en train de peindre les murs de sa prison. Charlie ferma les yeux pour se concentrer. Le serveur s'approcha avec son carnet de commande. Delphine lui fit signe de revenir plus tard.

– Il sort d'où, ce mec ?

– Je ne sais pas. Il peignait dans un squat à Montmartre des paysages surréalistes qui n'intéressaient personne, jusqu'au jour où il a pris les deux filles comme modèles.

– Et on sait rien d'autre sur lui ?

– Rien. Pas de casier judiciaire, pas de papiers... Il donne comme lieu de naissance une ville dont les archives ont brûlé. Il raconte qu'il a été élevé par des gitans, une autre fois par une secte ; il dit qu'il s'est instruit par correspondance, ou alors par hypnose... Parfois, il explique qu'il vient d'Allemagne, qu'il a appris à peindre sur le mur de Berlin et que ça l'a fait tomber... Des choses comme ça. Il n'a jamais rien possédé, jamais payé d'impôts ; il n'avait même pas de compte en banque. Virtuellement, avant de venir se livrer à la police, cet homme n'existait pas.

A la table voisine, dans une longue litanie de griefs chiffrés, une dame engueulait son mari à mi-voix. Charlie plongea le regard dans ses yeux pour la faire taire. La dame tourna la tête et continua. Indifférente à la dispute conjugale comme à la mouche qui se débattait dans son verre d'eau, Delphine, absorbée par son dilemme de conscience, brisait le secret de l'instruction en racontant la première comparution de Jef Hélias. Tout en s'asseyant en face d'elle, il l'avait dévisagée avec un air optimiste que sa réputation inspirait rarement aux prévenus.

– C'est bien que vous soyez une femme. Vous pourrez peut-être vous identifier... Mes victimes étaient très consentantes, vous savez. Très envoûtées par leur image.

Je suis ici pour confirmer les aveux que j'ai signés, je suppose ? Allons-y. Je confirme. Je m'accuse d'avoir supprimé ces deux filles, une fois les tableaux terminés. Voilà. Quand j'ai fini de peindre une pomme, je la mange. Et quand j'ai fini le portrait d'une femme, je la tue. Je n'aime pas qu'elle survive à la vision que j'ai d'elle. Vous seriez gentille de m'inculper et de me placer en détention provisoire, parce que je suis dans une grande phase de création, là, en pleine période figurative, et... il vaut mieux qu'on m'enferme à l'écart des gens, quoi. Je dis ça pour les gens.

Charlie écoutait Delphine citer les mots du peintre avec une fidélité qui était plus que de la mémoire. Elle eut un regard agacé pour la dame de la table voisine, qui continuait d'égrener ses récriminations d'une voix chuintante, puis elle demanda :

– Je peux voir les lignes de votre main ?

Delphine sursauta.

– Pourquoi ?

– Ça fait gagner du temps. Si je vous pose des questions perso, vous êtes tellement bloquée...

La juge ouvrit la bouche pour protester, renonça, accepta le verdict en avançant la main sur la nappe.

– La gauche.

Elle présenta l'autre paume, que Charlie étudia attentivement en laissant échapper des murmures, des acquiescements, des relances, comme si la main lui racontait son histoire. Gênée, Delphine demanda si elle voyait quelque chose.

– Vous faites trop la vaisselle. Vous n'avez pas de machine ?

– Si, se défendit Delphine, mais j'ai des verres en cristal. C'est de famille, ajouta-t-elle comme on s'excuse.

Charlie continua de parcourir du bout de l'ongle la ligne de tête – ou celle du cœur, elle confondait toujours. Les mains ne lui disaient rien ; ce n'était qu'un support, un prétexte pour toucher le sujet et accueillir les images mentales qui passaient en elle.

– Ce « don », comment il vous est venu ?

– Je faisais les courses au rayon légumes, y a trois ans. D'un coup, dans ma tête, j'ai entendu une voix d'homme dire que la nana qui reniflait les melons à ma droite s'appelait Myriam, et qu'elle ne devait pas s'en faire pour Sébastien. J'ai transmis. Depuis, ça dure.

– C'est de famille ?

– J'en sais rien. Née sous X. Y a que les morts qui veulent de moi.

– Les miens... vous les captez ?

– Non.

– Ça signifie qu'ils sont en paix ?

Charlie lui déplia un doigt, le replia.

– Ou qu'ils ont rien à vous dire. Ça vous embête pas qu'on se tutoie ? Ça fera moins tribunal.

– D'accord.

– T'es complètement obsédée par ce mec, Delphine.

– Il y a de quoi, non ? Un jour je suis persuadée que c'est un mythomane et que je dois le sauver contre lui-même ; le lendemain je me remets à croire que c'est un monstre... Et je... C'est le pire, peut-être : *je ne sais pas ce que je préfère.*

– Mouiller pour un coupable ou te faire baiser par un mytho.

– Qu'est-ce qui vous prend de me parler comme ça ?

– Cool. Tu m'as appelée à l'aide : je t'aide. Si tu veux plus, salut. J'en ai rien à battre et je me barre.

Embarrassée par la main qu'elle avait brusquement retirée, Delphine fit signe au serveur.

– Je vais prendre une pizza, la plus simple. Fromage et tomate.

– Et la *signorina* ?

– Une Véronèse sans champignons, avec artichauts, anchois, œuf, lardons, chorizo et merguez, dit Charlie en se rasseyant.

L'Italien nota, conseilla d'office un vin de sa région natale, leur souhaita bon appétit avec une œillade volcanique, ramassa le protège-nappe et slaloma de table en table vers la cuisine.

– Il a un joli cul, remarqua la juge pour décrisper l'ambiance.

– Je ne regarde plus les mecs, répondit Charlie. A

chaque fois je tombe sur un pire : cette fois j'arrête. De toute façon, l'actuel s'incruste.

– Il ne faut pas m'en vouloir si je suis un peu nerveuse...

– C'est la première fois que tu as un dominant, comme suspect ?

– C'est la première fois que je n'ai *rien* sur quoi m'appuyer. Je demande l'avis d'un psychiatre : parfaitement sain d'esprit et responsable de ses actes. Je fais faire une contre-expertise : schizophrénie aiguë, dédoublement de la personnalité, pulsions meurtrières... Troisième expert : sujet parfaitement inoffensif, doté d'un quotient intellectuel exceptionnel et d'une imagination tout à fait maîtrisée ; le contraire d'un mythomane. Quatrième avis : intelligence médiocre, affabulateur et parano. Il fait ce qu'il veut avec les gens, il nous manipule – pire : il nous laisse le choix.

– Il t'a draguée ?

– Mais non. C'est moi qui me... A force d'interpréter, d'essayer de le comprendre... Je ne sais plus où j'en suis, Charlotte.

– Charlie. Charlotte, c'est l'état civil. Tout ce qui me reste de ma mère, c'est le mot où elle dit que je m'appelle Charlie et qu'elle a pas le choix.

Delphine lui proposa une cigarette, essuya un refus, alluma la sienne avec un vieux briquet d'argent bosselé qui sentait l'essence.

– Un souvenir de ton père ?

– Je l'ai acheté aux puces, mentit Delphine pour la mettre à l'épreuve.

Charlie ne réagit pas. Delphine posa son regard sur le faire-part d'emballage des Marlboro. A force de persuader les fumeurs que la cigarette était mortelle, on augmentait le nombre des victimes et ça justifiait la hausse des prix. Le peintre avait raison : tout le monde tue, à chaque instant, et les meilleures intentions sont parfois plus dangereuses que les pires déviances.

– Et les autres prisonniers, comment ils réagissent ? Il parle avec eux ?

Delphine aspira une longue bouffée avant de répondre. Le jour de son incarcération, ils étaient quatre préventifs dans une cellule pour trois. Il y avait avec lui un routier, un videur de boîte homo et un drogué en manque hurlant qu'il voulait mourir. Le gardien avait déploré la surpopulation. Jef lui avait répondu, serein :

– Ce n'est pas grave. Il n'y en a pas pour longtemps.

La nuit même, le routier et le videur avaient empêché de justesse le suicidaire de se fracasser la tête contre le mur où Jef l'avait dessiné au crayon, le visage défiguré par la mort, le crâne éclaté, avec la précision d'un miroir prémonitoire.

– Je veux crever ! hurlait le garçon qu'on sanglait sur une civière pour le transférer à l'hôpital.

Jef, allongé en travers du lit qui venait de se libérer, avait dit au gardien avec une simplicité navrée :

– Moi, on me demande et j'exauce.

La peur qu'il inspirait à ses codétenus lui avait épargné conflits de territoire et sodomie, pendant les mois suivants. Quand sa cote s'était mise à flamber, l'administration pénitentiaire l'avait autorisé à peindre le parloir. Puis des fissures étaient apparues, sous la couleur. Les expertises géologiques avaient confirmé un affaissement du sous-sol. La rivière souterraine avait dû changer son cours : le danger d'effondrement avait conduit à l'évacuation des détenus, répartis dans d'autres centrales et maisons d'arrêt. Jef avait refusé son transfert. Il disait qu'il voulait *finir* cette prison. Le prix de ses peintures avait posé un problème de conscience. Au représentant des Musées nationaux mandé par l'administration pénitentiaire, il avait déclaré qu'il léguait à l'Etat son œuvre murale, mais qu'il voulait demeurer sur place jusqu'au jour du jugement.

– Il a obtenu une autorisation spéciale. Un gardien s'est porté volontaire : ils sont seuls dans la prison désaffectée.

– C'est dingue, murmura Charlie.

– C'est médiatique, nuança Delphine. Pour l'image de l'art contemporain comme pour celle du monde carcéral. Maintenant, dans l'intérêt de chacun, l'idéal serait que les murs s'écroulent sur lui avant le procès et qu'il meure écrasé par sa peinture.

– C'est dégueulasse ! s'indigna Charlie.

– S'il est innocent, oui.

Charlie repoussa le vieux Zippo dont elle avait réglé la flamme pendant le récit de la juge. A la table d'à côté, les broutilles qu'énumérait la dame pour enfoncer son mari avaient monté d'un ton.

– Je confirme : le briquet vient de ton père. Tu pourrais me prêter un des tableaux, pour cette nuit ?

Delphine hésita.

– OK, je vais pas me barrer avec. Les flics me confient les bijoux, quand ils veulent que je retrouve une bonne femme, t'as rien à craindre. Je te signe un reçu.

Elle allongea le bras vers la table voisine, déchira un morceau de la nappe en papier, sortit un stylo.

– Mais faut pas vous gêner ! s'offusqua la dame.

– Il s'est bien foutu de vous, le pépé, lui répondit Charlie, qui précisa à l'intention de la juge, tout en écrivant : Ils l'ont recueilli chez eux avant sa mort pour avoir son pognon, et sans rien dire il avait déjà tout donné à la SPA.

La dame se dressa, blême, renversant sa chaise, fixant Charlie avec horreur.

– Il vous transmet le bonjour, ajouta-t-elle. C'était Henri, Aimery ?

– André, balbutia le monsieur au bord des larmes.

– 'scusez-moi : avec le bruit que faisait vot' femme… Il vous dit de vous méfier, au moment du divorce. Je te marque mon adresse, Delphine, enchaîna-t-elle en achevant de remplir le bout de papier. Viens prendre un verre, après ton boulot. Et tu m'apportes une tôle. Ça marche ?

Delphine regarda la dame entraîner vers la caisse son mari, qui remuait les lèvres en direction de Charlie. Elle répondit qu'elle n'avait pas le droit de sortir une pièce à conviction.

– Quelle conviction ? T'en as une ?

Delphine affronta son regard. Le serveur apporta les pizzas. Elle plia le bout de papier, le glissa au fond de son sac.

– Si tu te sens seule dans ta Marguerite, tu te sers, ajouta gaiement Charlie en attaquant la montagne d'options qui garnissaient sa Véronèse.

*

Le magnétoscope avala la cassette, l'écran fut parcouru de zébrures et le visage de Jef apparut. Derrière lui s'étalait une partie de la fresque du parloir, quelques semaines avant qu'il ne s'effondre. En amorce dans le plan fixe de la vidéosurveillance, Emmanuel de La Maule, une référence mondiale, soixante ans, costume show-room et lunettes design dans sa chevelure de synthèse, orientait son dictaphone vers les trous de la cloison en plexiglas. Comme Jef se taisait, il rapprocha le micro de sa bouche pour poser la question suivante. Derrière lui, on devinait la foule piaffante des reporters qui attendaient leur tour.

– Vos deux grandes périodes, en fait, la métallique et la murale, se fondent chacune sur la décrépitude. Votre art découle de la rouille, du salpêtre et de la mort. Précisez ce rapport au support.

– Je prends ce que je trouve.

– Et peindre sur les murs d'une maison d'arrêt une parodie du *Jugement dernier* de Michel-Ange, c'est un clin d'œil, un message, une condamnation du système judiciaire ?

– A vous de voir.

– Ou est-ce une allusion à la disparition des assistants de Michel-Ange, ces deux jeunes éphèbes qu'on a retrouvés peints sur le mur de la chapelle Sixtine, et qu'on n'a jamais revus *en vrai* ?

– Je n'ai rien à dire.

– Mais vous n'avez pas l'air surpris de ce parallèle.

– J'ai lu votre livre.

– Je suis flatté.

– Il n'y a pas de quoi.

– Et comment considérez-vous les grands problèmes contemporains, au regard de votre art ?

– Je ne considère rien, moi : je me vends.

– Dans quel sens ?

– Paris-province. Pognon et gloire. Puisque vous ne parlez dans vos journaux que de ce qui marche, puisque vous ne découvrez que les gens connus, je me suis fait connaître. J'ai assassiné les filles que je peignais pour que vous regardiez ma peinture.

– Vous tentez, en fait, de réintroduire l'art dans la cité par le biais du happening.

– Non, je vous mets le nez dans votre nullité, votre incurie, votre inexistence. On vous traite comme le plus grand critique français, et qu'est-ce que vous êtes ? Une girouette qui se prend pour le vent.

– Démonstration que l'art, quel qu'il soit, est avant tout provocation, traduisit La Maule.

– Mais je fais de la merde ! Regarde-la, ma peinture, connard, au lieu de calculer ta plus-value ! Je n'arrive pas au centième de l'intention que je voudrais fixer ! Dis-le à tes lecteurs ! Dénonce-la, mon imposture ! Je suis innocent, tu entends ? Je me suis accusé de meurtre pour exister par les faits divers, puisque c'est le seul moyen ! Je me suis fait mettre en prison pour qu'on écoute ma voix ! Ça vous plaît, ça, hein ? enchaîna-t-il en se levant pour s'adresser aux reporters qui patientaient hors champ. L'artiste assassin, le cannibale aux pinceaux, le Landru de la palette ! Ça fait un angle original, un *people*, un *reality*, ça intéresse les gens, ça réduit au silence les peintres ordinaires qui se refusent à tuer pour se faire un nom, et qui attendent d'être morts pour vendre une toile ! Vous êtes tous complices ! Tous unis contre l'art qui fait chier les ratés, les prudents, les planqués dans votre genre ! Mais défendez-vous ! Dites quelque chose au lieu de m'enregistrer ! Je vous crache à la gueule et vous en redemandez, parce que plus je crie ma révolte et plus ça va plaire, et plus mes tableaux que vous avez achetés au début de ma hausse vont prendre de valeur ! Spéculateurs, impuissants, boutiquiers, dégagez, j'en ai marre de vos tronches de comptables, foutez le camp, allez faire la mode ailleurs, allez, du vent, tous ! Je vous chasse, je vous barre, je vous zappe ! Dehors ! Gardien, évacuez le parloir ! ÉVACUEZ LE PARLOIR !

Les journalistes refluèrent lentement, à reculons, micros tendus et flashes mitraillants, tandis que Jef sortait du cadre.

Lucien Sudre attendit de se voir apparaître, au second plan, poussant la presse vers la sortie. Puis il arrêta le magnétoscope, et alla préparer le dîner de son détenu. Les murs étaient recouverts par les articles consacrés à Jef. Sur le sol s'alignaient des fragments de ciment peint, disposés comme un puzzle. Tout ce que le gardien avait pu sauver de la fresque du parloir, avant que les bulldozers n'arrivent pour laminer les gravats.

*

Rébecca posait, renversée en arrière, un bras dans les cheveux. Lentement, son corps sortait de la rouille. Un pigeon entra par une lucarne brisée, traversa le grenier. A présent, elle se tenait devant la tôle, figée, les yeux plongés dans son portrait, comme hypnotisée par son propre regard. Derrière elle, Jef la caressait, l'embrassait dans le cou, déboutonnait sa robe. Il la fit pivoter brutalement, pour l'embrasser sur la bouche. Elle le repoussa, comme s'il dérangeait sa transe, elle se retourna vers son portrait...

Jef dormait, agité, frappant du poing son matelas. Le mur, au-dessus de lui, se fendillait sous la peinture, comme si les ondes de son cauchemar ébranlaient le bâtiment. Maintenant Cécile se débattait dans ses bras, à la place de Rébecca. La tôle. Puis de nouveau Rébecca. Le pigeon. La tôle. Le pigeon. Le regard mort des filles. Les yeux vivants dans la rouille.

– C'est le dîner ! A table...

Jef se dressa d'un bond. Le gardien ouvrit la cellule, entra avec son plateau.

– Pardon de vous réveiller, mais ça n'attend pas, les francforts. Je vous ai fait un risotto, avec.

– Super, bredouilla Jef qui émergeait difficilement de son rêve.

Lucien Sudre posa le plateau, mit le couvert, précisa :

– Y avait le gigot d'hier, mais je l'ai donné au chien.

– C'est bien.

Le vieil homme le regarda attentivement, l'air anxieux.

– On les retrouvera jamais, les corps, n'est-ce pas ?

– Non.

– Mais... vous avez d'autres moyens pour rester ici ? Vous leur donnerez des preuves ?

Il avait parlé d'un ton implorant. Ses yeux injectés et son haleine trahissaient l'alcool, mais autre chose vibrait en lui. La foi. Le besoin de croire.

– Je leur donnerai des preuves, oui.

– Ils ne la détruiront pas, notre prison ?

– Non, Lucien.

Rassuré, le vieux mesura l'avancement de la fresque, au plafond.

– C'est encore plus beau que le parloir. Mangez, allez, ça va refroidir.

Comme Jef regardait dans le vide, il se sentit de trop et repartit.

– Je reviendrai prendre le plateau. Bon appétit.

Assis sur le lit, les yeux au-delà des murs, Jef composait une scène. Et il souriait, peu à peu.

*

Au-dessus de la photo de l'adolescent, le pendule restait immobile. Accoudée sur la table de cuisine, la grosse dame continuait à délayer ses craintes dans un flux de paroles rassurantes :

– Il a dit qu'il rentrait à six heures, il sait bien que je m'inquiète, après, avec mon angine de poitrine ; il ne veut pas faire de souci à sa maman, il n'a que seize ans et demi, mais y a toutes ces filles qui lui courent après, heureusement qu'il est sérieux, il a dû être retardé par un professeur, il est si bon élève...

Les yeux fermés, Charlie fronça les sourcils, posa son pendule.

– Vous le voyez ? Il portait sa chemise à carreaux bleus et noirs, et le pantalon que je lui ai...

– Il a un chien ?

– Non, le pauvre... Avec son asthme...

– Y a deux jeunes types avec une blouse blanche... dans une église...

– Simon ? s'étonna la mère. Dans une église ?

Charlie rouvrit les yeux, agacée.

– Non, pas Simon... Je suis pas branchée sur lui, excusez-moi. Mais il va très bien.

Elle lui rendit son billet de vingt euros.

– Comment ça, « il va très bien » ? Il est quand même pas avec cette fille, Bénédicte, une blonde avec des cheveux longs, grande, vulgaire ?

– Mais lâchez-le un peu, votre fils ! Il vit sa vie, merde !

Charlie repoussa la photo d'un revers du bras, referma les yeux, le front dans la main, pour clarifier la vision qui se délitait dans un mélange de couleurs. C'était la cellule de Jef, telle que la juge l'avait décrite. Un pigeon battait des ailes sur l'armoire métallique. La cellule était vide.

A peu près à la même heure, Jef termina son risotto, se releva. Il alla vers l'armoire métallique et la déplaça vers la gauche, découvrant le portrait en pied sur lequel il travaillait, grandeur nature. C'était Delphine.

*

– Avant d'aller se livrer à la police, il a mis toutes ses œuvres en dépôt chez une espèce de brocanteur, à Barbès. C'est lui qui inonde le marché. Si les soixante-cinq tôles sont proposées d'un coup à la vente, les cours vont s'effondrer. Il faut absolument réagir, maître.

Pierre Ancelin pianota sur le volant multifonctions de sa BMW et entrouvrit sa vitre, incommodé par l'odeur de lavande poivrée qui émanait du critique d'art.

– Que voulez-vous que je vous dise ? Il ne veut pas d'avocat.

Emmanuel de La Maule prit une longue inspiration et laissa filer l'air entre ses doigts joints.

– Soyons clairs, mon cher maître. Le phénomène Hélias peut retomber du jour au lendemain, les Japonais risquent de se lasser, et j'ai beaucoup investi. Si vous obtenez qu'il signe un mandat d'exclusivité à la galerie que je représente, vous aurez trois pour cent sur les ventes. Disons que c'est un à-valoir, ajouta-t-il en déposant une enveloppe sur la console centrale.

Pierre Ancelin remit son moteur en route.

– Je ne vous promets rien, mais je vais demander un rendez-vous à la juge d'instruction.

– Vous êtes bien placé, je crois. Ma galerie serait également intéressée par les deux « portraits du crime », comme on les appelle dans la presse. *Attirance* et *Attirance 2*. J'insiste : votre prix sera le mien. Bonne soirée.

Il sortit de la BMW et regagna sa Porsche. Pierre Ancelin prit son portable, appuya sur la touche d'un numéro en mémoire. Delphine répondit à la deuxième sonnerie.

– C'est moi, je te dérange ?

– Oui.

– Tu n'as pas envie qu'on dîne ensemble, ce soir ? questionna-t-il de la voix sexy qui retournait les jurées d'assises.

Delphine, qui venait de se garer dans une zone pavillonnaire à Bobigny, répondit qu'elle était prise.

– Par qui ?

– Mais ça te regarde pas, enfin ! Tu me dis que tu me

quittes, d'accord. C'est pas une raison pour me demander tous les quarts d'heure ce que je fais sans toi, merde !

Elle arracha son oreillette et éteignit le portable. Puis elle le regarda, étonnée de sa réaction.

– Elle déteint, cette fille, murmura-t-elle.

Dans son coffre, elle prit la tôle emballée dans trois épaisseurs de papier-bulle, la glissa sous son bras et se dirigea vers le 44, rue Paul-Bornille, un petit pavillon identique aux autres dans la lueur crue des lampadaires blancs. Au moment où elle allait sonner, la porte s'ouvrit sur une jeune femme en larmes, qui jaillit en la bousculant. Delphine la regarda courir sur le trottoir, puis se retourna vers Charlie qui était apparue sur le seuil, serrant son chat contre elle avec un air frileux.

– C'est pas mon jour.

– Elle non plus, apparemment, glissa Delphine.

– Son mec était dans le ferry qui a coulé ce matin. C'est pas ma faute : je sais pas mentir.

– Il t'a... parlé ?

– Les trucs habituels : « Dis-lui de ne pas pleurer, je suis mieux où je suis, je la protège. » Faut vraiment que je demande avant.

– Quoi ?

– Le pognon. « Ton mec est mort, ça fait trente euros », j'y arrive pas. Allez, entre, on va se boire un coup.

Delphine assura le tableau sous son bras, et la suivit

dans les petites pièces en travaux : papiers peints à demi arrachés, cloisons de plâtre en cours de démolition.

– C'était un pavillon de grand-mère, j'essaie d'en faire un loft. Quand j'ai le temps. Essuie-toi un siège.

Elle lui lança un chiffon, passa derrière le comptoir de la cuisine et prépara des gin tonics. Delphine posa *Attirance* contre un mur, précautionneusement, enleva la poussière de plâtras sur un fauteuil.

– Jaguar ?

– Gagné. Mais prends plutôt la Mercedes à côté : ça transpire moins, comme cuir. Ou la banquette du Range Rover, si tu es mieux à l'arrière. C'est mon jules qui désosse.

– C'est bien.

– Ah bon ?

– Non, je veux dire : j'habite l'appartement de mes parents. Ils sont morts, j'ai gardé les meubles.

– Ils s'en foutent, tu peux vendre. Et ton mec, il fait quoi dans la vie ?

– Il part, il revient... Il ne sait pas trop.

– Le mien non plus, mais il reste.

Charlie lui donna un verre. Elles trinquèrent, solidaires.

– Comment on devient juge ?

– On a un père notaire et on veut faire autre chose. Vivre sa vie, quoi.

Charlie s'abstint de commenter, lui tendit un paquet de chips.

– Et toi, comment tu en es venue à collaborer avec la police ?

– A cause de mon jules. Il se fait embarquer tous les quinze jours, alors... A force d'aller le récupérer, j'ai fait un deal : je retrouve un cadavre, ils passent l'éponge.

– Le tableau !

Charlie bondit soudain vers son chat, qui avait déchiré un coin de l'emballage et labourait la tôle avec ses griffes, en sifflant de rage. Elle le souleva, l'approcha de son visage, siffla comme lui entre ses dents, et le flanqua dehors.

Les yeux sur la jambe nue apparue entre les couches de papier-bulle, Delphine revoyait le peintre, lors de la dernière comparution dans son bureau. Après avoir obtenu une prison pour lui tout seul, il exigeait qu'on lui amène son chien.

– Vous voulez peut-être une pute, aussi ?

– Non, je veux mon chien. Enfin, « mon »... C'est un errant, comme moi, on n'a jamais connu de maîtres. Je l'ai mis dans une pension, avant de venir me livrer. Je vous donne l'adresse.

– C'est ça. Et vous pensez peut-être que je vais aller le récupérer moi-même ?

– Vous cherchez un témoin pour les meurtres, non ?

Le surlendemain, Delphine avait organisé la reconstitution la plus délirante de sa carrière. Convoqués dans l'atelier de Jef, les parents de Cécile Mazeneau et le coach de Rébecca Wells étaient venus, comme on le leur avait demandé, avec des vêtements portés par les disparues. Un dresseur les avait fait sentir au berger allemand. Il avait aussitôt filé vers le chevalet, et s'était mis à aboyer devant le portrait recouvert d'un drap. Abasourdi, le dresseur avait protesté : un chien ne peut pas faire le lien entre une odeur et une image – ou alors il faudrait qu'il y ait l'odeur de la fille *sur le tableau*. Delphine avait demandé qu'on fasse un prélèvement dans l'océan rouge d'où sortait Cécile Mazeneau. L'analyse était formelle : aucune trace de sang.

– J'ai un problème de visions avec ton peintre, dit Charlie en revenant. J'arrête pas d'avoir des interférences. Il a des ondes, ce type... Dès que je suis concentrée, il me parasite. Comme s'il était déjà mort.

Delphine reposa son verre. Une migraine terrible serrait ses tempes. Peut-être le gin tonic. Ou autre chose. Elle avait passé l'après-midi sur une affaire d'évasion fiscale, et elle vivait de plus en plus mal ses incursions hors du dossier Hélias, comme si les victimes lui reprochaient sa dispersion. Charlie l'écouta, secoua la tête pour la rassurer : elle ne sentait aucune demande de vengeance, aucun appel d'une âme en peine.

– Les filles n'auraient pas eu intérêt, j'sais pas, à se faire passer pour mortes ?

– J'ai creusé l'hypothèse, Charlie, évidemment. Une étudiante brillante qui prépare sa maîtrise, un top model que les marques se disputent... Des petits copains sympas d'un côté, un vieil amant très riche de l'autre. Non, fais-moi confiance : à part les aveux d'Hélias, aucune piste ne tient. Bon, je vais y aller.

– Pourquoi ? Personne t'attend, si ? Je peux te faire un chili...

– Non, il faut que je retourne au Palais. J'ai du travail.

– Trouve-toi un autre mec. T'es belle. Tu t'arranges mal, mais t'es belle.

– Tu fais attention au tableau, d'accord ? Tu n'en parles à personne et tu l'enfermes à clé dans un placard, à l'abri de ton chat. Je le reprendrai demain soir.

– Pourquoi y a des pigeons, sur ses tôles ?

Delphine remit son imper, avec un élancement dans tout le crâne.

– Il dit que ça lui sert de signature, esquiva-t-elle.

En écho, elle entendait la réponse que Jef lui avait faite à cette question, lors du premier interrogatoire :

– Dans les rites vaudous, chaque homme possède un lien psychique avec un animal. Mon esprit voyage la nuit sous la forme d'un pigeon. Il va où on l'appelle.

*

Dans la nuit sans nuage, la pleine lune était passée de l'orange au blanc. Jef retouchait le visage de Delphine, sur le mur de sa cellule. Au Palais de justice, Delphine rédigeait son rapport d'instruction sous le regard de Rébecca Wells, prisonnière de la rouille sur un cadran d'horloge. Dans son pavillon, Charlie se concentrait sur le pigeon au-dessus de l'étudiante sortant de l'océan rouge.

Jef s'attaqua au regard. Les lettres se brouillaient sous les yeux de Delphine. Charlie se leva, d'une démarche de somnambule, avança vers le tableau, lentement, comme si elle allait y entrer. Un battement d'ailes retentit dans sa tête. Un roucoulement de pigeon, répercuté sous une voûte, un son lointain de musique religieuse...

Jef attaqua l'iris droit, recueillit une pointe de vert sur son pinceau pour augmenter l'intensité du regard. Delphine déchira son rapport. Charlie vit le peintre en haut d'une échelle, entouré de pigeons traversant la chapelle, entrant et ressortant par les hautes fenêtres sans vitraux.

Jef termina l'œil. Delphine s'absorba dans le regard de Rébecca Wells.

– Je te dérange ? J'ai vu ta fenêtre éclairée, en passant sur le boulevard.

Delphine sortit lentement du tableau, découvrit Pierre Ancelin sur le seuil, un sac de traiteur à la main, d'où dépassait une bouteille de champagne. Elle le fixa, comme un étranger qui lui rappellerait quelque chose.

– Finalement, ton rendez-vous s'est annulé, constata l'avocat en entrant, l'air moqueur.

Il posa le sac au milieu des dossiers, contourna le bureau et vint derrière le fauteuil de Delphine. Elle ne bougeait pas. Il commença à lui masser les épaules, et elle se laissa faire. Après quelques instants, sentant qu'elle commençait à se détendre, il glissa :

– Au bout du compte, on n'était pas si mal ensemble, non ?

– Pourquoi, tu t'es fait plaquer ?

Il soupira, et les doléances ralentirent le massage :

– Ce n'est pas ça, mais... On devait partir à Lisbonne tous les deux, elle m'a fait un chantage avec son môme, tu n'as pas idée... Il est tout le temps malade, en plus elle prend des somnifères : la nuit, c'est moi qui le change...

– Ça... Avec moi, tu ne risquais rien.

– Il a vraiment quelque chose, ce type, admira Pierre pour faire diversion, tourné vers *Attirance 2*. Tu lui as dit que j'étais d'accord pour le défendre ?

– Il ne veut pas qu'on le défende. Il veut qu'on l'accuse.

– Qu'as-tu fait du deuxième tableau ?

– Chez le procureur.

– Tu m'invites ? proposa-t-il en désignant le sac Fauchon. J'avais acheté...

– Tu avais acheté pour elle, et tu as vu ma lumière en passant.

– J'adore quand tu es cynique, souffla-t-il avant de l'embrasser sous l'oreille. Espadon, blinis, caviar et macarons... Si tu as encore du boulot, on peut dîner ici.

Elle tourna la tête vers lui, rencontra le regard de Rébecca Wells.

– Non.

– D'accord, on va chez toi.

– Tu es gonflé, quand même, dit-elle, presque admirative.

– J'aime pas l'idée que tu sois seule.

– Je n'ai plus besoin de toi, Pierre.

– Bon, soupira-t-il.

Elle le regarda reprendre son sac, marcher vers la porte.

– Mais je n'ai pas dit que je n'avais pas envie.

Il se retourna, désarçonné.

*

Charlie était toujours à la même place. Elle tenait dans une main la photo de Jef sur le journal, et dans l'autre son pendule qui restait immobile. La porte s'ouvrit,

Maxime traversa de son pas mécanique, le regard vitreux, un GPS au bout du bras.

– Encore dans tes conneries, dit-il au passage.

Il posa son joint, se laissa tomber sur le lit et s'endormit. Charlie n'avait pas tourné la tête. Le pendule se mit à osciller. Dans sa cellule, Jef peignait le sexe de Delphine. Les mains dans le Paic citron, Delphine lavait les flûtes.

– Tu as une machine à laver, non ? dit Pierre en venant contre son dos.

– C'est du cristal de Bohême.

– Tu es bizarre, ce soir, reprit-il en l'enlaçant.

– Je suis contente. Je pensais que tu me manquerais davantage.

Il fit glisser sa main droite le long de la hanche, se faufila sous la jupe. Elle vérifia la transparence d'un verre.

– Dis, j'ai un de mes clients qui serait intéressé par les deux *Attirance*. Bien sûr, on ne signe rien avant le procès, mais... On peut s'arranger entre nous pour que les tableaux ne partent pas ensuite dans une vente aux enchères. Un genre d'option morale, conclut-il en débouclant la ceinture de son pantalon.

– J'avais presque réussi à t'oublier, soupira Delphine en relavant son verre.

Il remonta sa jupe.

– Dis à ton peintre que mon client paiera n'importe quel prix.

Le peintre immobilisa son pinceau, recula de trois pas,

jaugea la silhouette, chercha une nuance sur sa palette et retoucha les cuisses de Delphine. Les yeux fermés, elle crispait les doigts sur le rebord de l'évier tandis que Pierre lui faisait l'amour. Elle rouvrit les yeux. Un pigeon se tenait sur le rebord de la fenêtre, la dévisageant. Elle poussa un cri.

– C'est bon, hein ? se méprit l'avocat.

Elle le repoussa en arrière, brutalement. Il bascula dans un carton de livraison. Elle se tourna vers lui, affolée, regarda à nouveau la fenêtre au-dessus de l'évier. Le pigeon avait disparu. Elle courut sur le balcon, regarda le toit, la rue, les immeubles voisins. Rien. Ni roucoulement ni bruissement d'ailes. Des piques en plastique, partout, sur les rambardes et les rebords, pour empêcher les oiseaux de se poser.

Haletante, elle revint dans la cuisine. Pierre s'extrayait du carton, le costume plein de tomates écrasées.

– Tu m'as foutu un lumbago, c'est malin ! Qu'est-ce qui t'a pris ?

– Y avait un pigeon...

Il la dévisagea, la main sur les reins.

– D'accord, fit-il en quittant la cuisine.

– Attends ! cria-t-elle.

Avant de le rejoindre, dans un mouvement fébrile, elle se précipita vers la manivelle et descendit le volet de la cuisine.

Jef nettoya son pinceau, jeta un dernier regard au corps

de Delphine, remit l'armoire métallique en paravent et s'étendit sur le matelas.

Charlie gémissait doucement, couchée à côté de Maxime qui lui tournait le dos en dormant. Elle se caressait dans un demi-sommeil, mêlant ses soupirs aux roucoulements qui résonnaient sous les voûtes de son rêve. Elle voyait le peintre en haut de son échelle, dans des vêtements d'une autre époque, un pigeon posé sur son épaule. Elle se voyait elle-même, en dessous, avec une longue blouse blanche, lui préparant ses couleurs.

Elle découvrit une tache de sang sur sa manche. Une deuxième goutte tomba. Elle leva ses yeux, vit sa tête que Jef terminait de peindre au milieu de la fresque. Une tête tranchée. Elle poussa un cri qui réveilla Maxime en sursaut.

Assis dans le lit, il la contempla, entortillée dans le drap, la main entre les jambes, agitée de soubresauts dans son cauchemar. Il hésita. Il avait envie de la grimper, et il avait envie d'une bière. Il choisit la bière. C'était plus simple : dès qu'ils se mettaient à baiser, elle voulait que ça dure des heures et il s'emmerdait vite. Elle lui tapait sur les nerfs, en fait, à ne jamais vouloir partager un pétard, mais elle payait le loyer et elle était pratique, avec ses relations chez les flics. Quand même, il trouvait ça un peu minable, comme vie. Il méritait mieux.

La canette à la main, il marcha dans le pavillon en enjambant les outils. Marre de cette porcherie. Elle pourrait finir les travaux, au moins. Toujours avec ses morts. Il regarda la plaque de ferraille décorée qu'elle avait appuyée contre le mur pour cacher un trou. La fille sortant d'une mer de sang près d'une pompe à essence. Glauque, mais bien gaulée. Beaucoup plus son genre que Charlie. Il s'assit sur le fauteuil en face, baissa son caleçon en souriant à la baigneuse. Puis son regard accrocha la coupure de presse, sur la table en verre. *Jef Hélias – l'évasion intérieure*. Au-dessus du titre, le montant de la dernière vente le laissa bouche bée. Il considéra le panneau de tôlerie sous un jour nouveau, remonta son caleçon, et s'approcha pour comparer le pigeon de la signature avec celui qu'on voyait sur le journal.

*

Delphine réagit à peine, en apprenant qu'*Attirance* avait disparu. Elle pensa à la tête que ferait Pierre Ancelin. Elle prit le reçu que Charlie avait signé la veille, le glissa dans le broyeur. Elle dit :

– Le tableau était ici dans mon bureau, d'accord ? Le vol s'est produit cette nuit après mon départ à vingt-trois heures trente. Je viens de le découvrir.

Clignant des yeux dans le soleil, Charlie l'observait, bouleversée. Jamais personne n'avait pris le moindre risque pour elle, et une juge d'instruction était prête à la protéger par un faux témoignage.

– Mais on va te faire des emmerdes !

– On m'en ferait, si je disais la vérité.

Achevée par ce ton complice qui les mettait sur un plan d'égalité, Charlie éclata en sanglots. Delphine se rapprocha d'elle.

– Tu y tenais, à ce Maxime ?

– Oui. J'sais pas. Il était vivant, quoi. Il était là, il avait besoin de moi...

– Si jamais il te rend le tableau, tu l'apportes à mon domicile. 84, boulevard Malesherbes. Je préviendrai la concierge.

Delphine marqua un temps, puis enchaîna :

– Tu as eu des visions, cette nuit ?

– Un rêve. Mais je me rappelle très bien. Jef était en train de peindre ma tête, dans une espèce d'église, et... J'avais terriblement envie de lui.

– Il y avait un pigeon ?

Charlie sursauta, en entendant l'angoisse dans sa voix.

– Oui. C'était plus qu'un rêve. Je me caressais en pensant à lui : c'est comme ça qu'il est venu...Toi aussi ?

– Non, moi je faisais la vaisselle.

La juge alluma deux cigarettes. Elles s'assirent sur la table et se racontèrent leurs nuits, comparant les sensations et les images.

– C'était *ma mort*, Delphine. Tu comprends ? J'étais

en train de prendre mon pied avec ma mort. C'est comme ça qu'il les a eues, les filles.

– On est dans le fantasme, là, Charlie, pas dans les faits. Sans élément nouveau, dans trois jours il est dehors.

– Hein ?

– Je n'ai rien contre lui, rien ! Même pas le témoignage d'une personne qui l'ait vu avec les filles. Ça fait six mois que j'instruis en pure perte, que je fais le tour de France dès qu'on découvre un cadavre de femme : je ne vais pas continuer encore dix ans ! Je me suis donné jusqu'à vendredi. Ou je me ridiculise en l'envoyant aux assises avec un dossier vide, *uniquement parce que j'ai peur de lui*, ou je prononce le non-lieu : il sort, et il se remet à peindre des filles... Et si elles disparaissent encore, je fais quoi ? Je ne suis pas folle, Charlie. Je ne sais pas ce qui m'arrive... J'ai eu des violeurs, des tueurs en série, des terroristes... Jamais un type ne m'a fait cet effet-là !

Charlie lui entoura les épaules, trouva pour la calmer des gestes maternels qu'elle inventait sans modèle.

– C'est pas sa faute, Delphine... Je crois qu'il se trimbale un karma vachement dur. Il a peut-être tué pour de bon dans une vie antérieure sans qu'on le chope, et là il s'accuse à tort et on le croit... C'est ça, la justice du karma. Elle est pas plus nulle que la tienne.

– Tu crois que les filles sont *vraiment* prisonnières des tableaux ?

– Oui.

– Mais qu'elles sont vivantes, quelque part, sous emprise... Séquestrées pour des rituels, des genres de messes noires ?

Charlie sauta soudain sur ses pieds, les traits tendus et la voix nette :

– S'il les a envoûtées en les peignant, on a un moyen d'agir. Un seul.

*

La cellule était entièrement peinte, sol et plafond. Deux pigeons aux ailes déployées signaient l'œuvre, l'un sur le seuil, l'autre au-dessus du soupirail.

– J'attends que ça sèche, dit Jef assis en tailleur dans le dernier mètre carré de ciment vierge.

– Je peux entrer ? demanda Delphine.

– Non. Quoique... Vous m'emporterez à la semelle de vos chaussures.

– Attention, implora le gardien. Prenez à gauche et restez le long du mur : c'est ce qu'il a peint en premier.

Elle acquiesça d'un battement de paupières, agacée par l'air ensorcelé du maton, chercha machinalement si le vieil homme était représenté sur les parois, tandis qu'il refermait la porte et s'adossait à l'extérieur.

– Que puis-je pour vous, madame la juge ?

– Avez-vous déjà détruit l'une de vos œuvres ?

– Pourquoi, j'aurais dû ?

– Que se passerait-il si l'on détruisait les portraits des deux disparues ?

Le visage de Jef se durcit. Il détourna la tête.

– Je n'ai pas bien entendu la réponse.

– Je commence à m'inquiéter un peu pour vous, Delphine Kern. Vous ne devriez pas trop fréquenter les voyantes. Vous croyez réellement que je suis une espèce de sorcier qui jette un sort à ses modèles, et qu'il suffit de broyer mes tableaux avec un signe de croix et une gousse d'ail pour faire réapparaître les filles ?

– Nous verrons.

Elle vit ses mâchoires se crisper. Charlie avait sûrement raison. Privées de mémoire et de raison, droguées, prisonnières ou cloîtrées de leur plein gré, Cécile et Rébecca étaient quelque part aux mains d'une secte. Toutes les brigades de gendarmerie étaient lancées sur cette piste depuis une heure. Mais si Jef avait servi de rabatteur à des gourous, pourquoi s'était-il livré sans dénoncer personne ? Comment le pousser dans ses retranchements, l'amener au bout de ses remords ?

Il se leva soudain, avança vers elle, laissant ses empreintes dans la fresque.

– Vous me faites de la peine, Delphine, vous savez ? Vous aviez *une* manière de m'aider à comprendre ce qui se passe en moi, une seule, et vous n'y avez jamais pensé.

– Laquelle ?

– Poser pour moi. C'est là, le moment où tout bascule. Le moment où le visage commence à prendre sa vraie vie, sur le tableau, sa vie propre. Où il n'appartient plus au modèle, ni à moi. C'est là qu'un déclic se produit. C'est là que je ne suis plus moi-même, que je ne sais plus ce que je fais. Et cette pulsion de meurtre, elle est réelle. Et elle ne vient pas du tableau. Elle vient du regard de la fille qui ne voit plus que son image dans la matière. Et moi je n'existe plus. Et moi je voulais exister pour elle...

Delphine soutint son regard. C'était le premier accent de vérité qu'elle captait chez lui.

– Après, il y a le noir. Le trou noir, le néant... Je reviens à moi, les heures ont passé, le tableau est fini... Les filles ont disparu.

– Rien ne prouve que ce soit vous, Jef, dit-elle doucement. Elles ont pu prendre peur et s'enfuir... Et disparaître ailleurs, autrement...

– Mais vous me croyez, vous ! lança-t-il d'un ton désespéré, à un mètre d'elle.

– Oui. Je crois que vous avez eu l'envie de les tuer. Et qu'ensuite vous avez construit tout un système mental pour expliquer cette... pulsion. Et maintenant vous êtes prisonnier de ce système.

Il baissa les yeux.

– J'étais vraiment amoureux d'elles, vous savez. Pas

seulement en tant que peintre. C'est dans la vie que je les voulais.

Delphine retint son souffle. Un frisson montait le long de sa nuque. Elle connaissait ce timbre de voix, ce barrage qui se lézarde... *On y était presque.*

– Elles vous ont repoussé ?

Il redressa la tête. Une lueur intense brillait dans ses yeux.

– Vous croyez que je pourrais vous tuer, Delphine ?

Elle réduisit sa réaction à la contraction de ses orteils.

– Pourquoi moi ?

– Pour ne pas vous perdre.

Il se dirigea vers l'armoire en fer, la déplaça d'un coup. Pétrifiée, Delphine se retrouva face à elle-même, grandeur nature.

– Oh mon Dieu, murmura le gardien.

Elle pivota vers le judas. Il se détourna aussitôt, rougissant, à cause de la nudité sur le mur. Delphine se replongea dans l'image. Sa main laissa tomber le cartable. L'air fataliste, Jef constatait une fois encore le pouvoir de sa peinture. Il remit l'armoire à sa place. Le regard de Delphine ne dévia pas. Il revint vers elle, lui demanda s'ils continuaient la reconstitution. Elle ne répondit pas. Il se jeta soudain sur elle, déchira son chemisier, serra les doigts sur sa gorge. Au cri qu'elle poussa, le gardien se précipita pour ouvrir la porte, en le suppliant d'arrêter. Le temps qu'il entre, Jef s'était reculé, serein, les bras dans le dos. Delphine, en état de choc, le fixait en croisant sur sa poitrine les revers de sa veste.

– Voilà, dit Jef, il y a quelque chose dans votre dossier, maintenant. A vous de choisir : tentative de meurtre, tentative de viol. Vous avez un témoin.

– Mais pourquoi ? balbutia Delphine. Pourquoi ? Qu'est-ce que vous voulez ?

– Exister pour vous. C'est tout. Vous n'aviez pas compris ? Dans votre tête, il n'y a la place que pour un monstre, avec un point d'interrogation, alors je suis ce monstre. Voilà. Et je vous laisse le choix.

Elle le gifla à toute volée. Le gardien la ceintura.

– Mais ça va pas, vous êtes folle ?

Elle se dégagea, s'adossa à la porte, hors d'haleine. Le vieux fonça sur Jef qui n'avait pas bronché.

– Elle vous a blessé ? Mais c'est une malade ! Je suis témoin, si vous voulez porter plainte, je suis témoin !

– Non, ça ira, merci, sourit Jef.

– Frapper un homme en prison ! Je vais vous faire dessaisir, moi !

– Ça va, Lucien, ça va... C'est moi qui ai commencé : nous sommes quittes. Alors, enchaîna-t-il à l'adresse de Delphine en se rasseyant, vos conclusions ? Je suis fou, coupable, innocent, amoureux de vous ? Qu'est-ce qui va vous arriver, maintenant que vous êtes peinte ? Vous allez vous diluer dans mes couleurs ? Disparaître à l'intérieur de ce mur ? On inverse les rôles, à partir d'aujourd'hui. C'est vous qui allez m'apprendre la vérité.

Elle le toisa, tout son calme retrouvé, sans animosité aucune. Seul perçait dans sa voix l'écho de sa consternation :

– Pauvre connard. Je ne suis plus qu'un témoin de l'accusation, après ce que vous venez de faire. J'ai l'obligation morale de transmettre le dossier à un autre juge. Mais ça ne sauvera pas vos tableaux. Sauf élément nouveau de votre part d'ici demain onze heures, ils seront brûlés au chalumeau par l'exorciste du diocèse, en présence du procureur. Un avocat aurait pu s'y opposer, au nom de la propriété artistique : vous n'en avez pas voulu.

Ils se dévisagèrent pendant quelques secondes. Elle vit qu'il la croyait. L'élan de jubilation qu'elle éprouvait, devant la réussite de son bluff, la troubla profondément. Elle se dit qu'enfin, au bout de six mois, elle commençait à comprendre ce qui se passait en lui. Avec la menace d'un acte aussi irrationnel perpétré sous contrôle juridique, elle le rejoignait dans sa folie, prenait l'avantage et il perdait prise : la violence physique était son premier aveu sincère, sa première vraie défaite.

– Bonne continuation, dit-elle en tournant les talons.

*

Charlie passa l'après-midi au large de l'Angleterre, essayant de localiser dans sa cuisine le corps du garçon disparu lors du naufrage du ferry. Au-dessus des cartes marines, son pendule disait n'importe quoi, et le présumé noyé ne se manifestait plus. Quand la fiancée en larmes se décida à partir, Charlie alla se changer les idées au centre commercial. Après une heure dans les boutiques de mode, elle se rendit à la librairie, feuilleta des ouvrages sur la peinture. Soudain, elle se figea. C'était un livre sur Michel-Ange. Tout son corps se mit à trembler, devant *Le Jugement dernier* peint sur les murs de la chapelle Sixtine.

Elle appela Delphine, tomba sur la boîte vocale, lui demanda de la rappeler. Elle avala un croque-monsieur, but deux Martini et rentra chez elle. La lumière était allumée. Elle espéra un bref instant que Maxime était revenu, puis se rendit compte que c'était davantage une appréhension qu'un espoir. De toute manière, c'est elle qui avait laissé allumé en partant.

Elle s'endormit devant la télé, se réveilla au milieu d'un cri. Delphine était en sang, le visage et le corps lacérés. Elle essaya de la joindre, folle d'angoisse. Toujours la boîte vocale. Elle laissa un nouveau message, la supplia de rappeler. Minuit vingt. Elle attrapa son blouson, son casque et fonça vers Paris sur son scooter.

Arrivée boulevard Malesherbes, elle se concentra sur

le boîtier électronique, essaya de trouver le code par intuition. Au vingtième échec, la porte s'ouvrit sur un couple sortant d'un dîner. Elle regarda les boîtes aux lettres, grimpa au troisième, sonna. Rien. Elle garda son doigt crispé sur la sonnette, appela, tambourina, en vain. Elle prit son élan pour enfoncer la porte, rebondit sur le battant blindé. Elle s'apprêtait à sonner chez le voisin quand Delphine ouvrit, en chemise de nuit, l'air groggy. Charlie bondit, la prit dans ses bras, vérifia qu'elle n'avait pas de blessures.

– T'arrivais pas à dormir ? bredouilla Delphine, la voix pâteuse.

Charlie la poussa à l'intérieur de son appartement, ferma la porte, tourna les verrous.

– C'est la première fois que j'ai une vision sur une vivante. On était en train de te tuer.

– Lui ?

– Evidemment, lui ! Il t'arrachait la peau avec les ongles ! Si on n'a jamais retrouvé les corps, c'est qu'il les bouffe !

– Ah, dit la juge en bâillant. Tu veux un café ?

Elle l'entraîna dans la cuisine. Charlie la suivit, désarmée par son absence de réaction.

– C'est tout ce que ça te fait ? Mais qu'est-ce qui te prend ?

– Il m'a peinte sur le mur de la cellule.

– Merde ! Tu t'es vue ? Ça t'a fait quoi ?

– C'est terminé, Charlie. Il a essayé de m'étrangler. Maintenant il y a quelque chose dans son dossier. Moi.

Atterrée, Charlie la regardait verser le café dans le cornet, oubliant de mettre le filtre.

– C'est ce qu'il voulait, tu crois ?

– J'ai pris deux Lexomil pour dormir et y voir clair demain matin. Mon intime conviction est qu'il est innocent, qu'il joue avec moi, c'est tout, mais je suis obligée de me dessaisir du dossier. N'importe quel autre juge l'enverra aux assises, et le ministère public me fera citer à la barre. Avec mon témoignage, devant les jurés, il est foutu... Je n'ai pas le droit de lui faire ça, Charlie.

Elle enclencha la cafetière électrique et tomba assise, perdue dans son dilemme.

– Delphine, j'ai essayé de t'appeler, hier soir. Le type que j'ai vu en rêve, qui peignait le mur d'une église avec des pigeons autour... c'est Michel-Ange.

Les coudes sur la table, Delphine la fixa, dans un effort d'attention. Elle bredouilla :

– Michel-Ange... Les experts ont dit que la fresque au mur du parloir... c'était une copie inversée du *Jugement dernier*, avec les diables au Paradis et les anges en Enfer...

Ses yeux se fermaient. Charlie lui saisit les poignets, et articula d'une voix ferme :

– Pendant que Michel-Ange peignait la chapelle Sixtine, en 1536, deux de ses apprentis ont disparu. Corps et âme. Des petits jeunes sur qui il avait flashé. Ils sont peints dans *Le Jugement dernier*. Tu comprends, maintenant ?

– Je ne crois pas à la réincarnation, Charlie. Jef est un peintre de talent qui s'est amusé à imiter le style d'un autre, c'est tout...

– Pas que le style. Tu as du sel ?

– Du sel ?

– Et des bougies.

Autour du lit de Delphine, elle versa du gros sel pour dessiner un cercle, à l'intérieur duquel elle alluma des bougies disposées à chaque extrémité d'une étoile de David, puis, quand le sel fit défaut, elle traça une croix en sucre glace.

– Avec ça, il t'arrivera rien.

Elle s'assit sur le lit, retira ses boots, demanda à Delphine de quel côté elle dormait.

*

Le chien bondit vers le bâton, l'attrapa au vol, courut le déposer aux pieds du gardien. Le vieux fixait, l'air sombre, le minibus qui amenait les terrassiers pour les travaux de déblaiement. Il se tourna vers l'aile effondrée. Au soleil levant, les étais de soutien lui rappelaient le chantier naval de son enfance à Brest, mais, ici, on ne construisait pas. On détruirait, dès le départ de Jef. C'était toute sa vie, cette prison. Ses parents voulaient qu'il soit prêtre. Il avait fait le séminaire, mais la chair était faible. Trop forte, plutôt. Alors il avait passé le concours de l'administration pénitentiaire. Il était gardien de quelque chose, c'était toujours ça. Se sentir responsable. « Entrez vous-même dans la structure de l'édifice, comme étant des pierres vivantes... » L'épître de saint Pierre aux Corinthiens. C'était sa devise. Jef était le seul détenu qui l'ait jamais écouté. Qui lui ait jamais répondu. Lucien savait la vérité, lui. Il avait demandé, en le regardant composer la fresque du parloir, pourquoi il avait tué ces filles.

– Pour les garder en vie. Tout le monde pense à elles, maintenant. Leur image vaudra des fortunes. Leur destin fera rêver des générations.

– Vous pourriez disparaître, vous aussi, dans votre peinture ?

Lucien Sudre ne pouvait oublier la manière dont Jef lui avait répondu ; cette douceur, cette lumière attentive :

– Pourquoi ? Vous avez besoin d'un miracle ?

Les marteaux-piqueurs le firent sursauter.

– Allez, viens, dit-il au chien.

Il rentra préparer sa gamelle, fit griller du pain de mie pour Jef. Tandis que le café finissait de passer, il relut pour la dixième fois la lettre de l'administration. Comme il n'avait pas fait valoir ses droits à la retraite, il pensait qu'on l'avait oublié, depuis le temps. Mais non : un nouveau gardien le remplacerait dans quinze jours. Il attrapa à tâtons la bouteille de blanc, avala une rasade en regardant au mur les visages de Jef qu'il avait découpés dans le journal. Il déchira la lettre. Puis il partit dans le vent glacé des coursives, lentement, poussant la roulante avec la Thermos, les toasts au chaud sous une serviette et, dans son emballage fleuri, le cadeau qu'il avait acheté la veille. Son cadeau de départ.

Il trouva Jef debout devant le petit lavabo, achevant de nettoyer le sang et la peinture autour de ses ongles cassés. Lucien Sudre se tourna vers le mur gauche, regarda la juge dont il ne restait que des lambeaux de couleur. Il pensa que c'était bien fait. C'est tout ce qu'elle méritait, cette salope. Mais Jef aurait dû faire le contraire, comme pour les deux petites jeunes : ne laisser que la peinture. Les gens meurent, de toute façon, tôt ou tard. Quand on voit ce qu'on devient avec le temps, autant disparaître au mieux de sa forme. Respect de soi, respect des autres.

Il donna à Jef le grand paquet-cadeau, tout biscornu, gentiment ringard avec son ruban rouge frisé aux ciseaux. Jef défit l'emballage. C'était un chevalet.

– Merci, Lucien.

– Je peux vous demander ? Oh, ce n'est pas pour la valeur... C'est... juste pour ne pas se quitter comme ça...

Jef le regarda dans les yeux, en s'essuyant les mains.

– Je ne suis pas encore parti, Lucien...

– Moi si. Même si vous restez, ils ne veulent plus de moi... C'est fini. Où vous voulez que j'aille, maintenant ? Je n'ai plus envie de vivre. Faites mon portrait.

Jef le dévisagea gravement, sans rien dire. Les yeux noyés, le gardien prit un plateau de la roulante, rongé par la rouille, le lui tendit. Jef le posa sur le chevalet, se retourna soudain.

– Je veux aller voir la juge. Tout de suite. J'ai des révélations à faire.

*

– Cécile, je l'ai rencontrée dans l'escalier. Elle venait visiter un studio, sous le grenier que je squatte. Le propriétaire était en retard, je lui ai proposé un café. Elle a vu mes tableaux, ça lui a plu. Elle m'a parlé de la solitude qu'ils exprimaient avec tellement de sincérité, d'expérience... J'ai commencé à la peindre. Le propriétaire est arrivé, elle a visité, ça ne lui a pas plu, elle est remontée pour que je la finisse Elle était fascinée par son image, cette nudité que je *rendais* sans l'avoir vue... Lorsque j'ai voulu son corps pour de bon, elle a eu peur, elle s'est enfuie. Je l'ai suivie, pendant plusieurs jours, de la fac à la cité où elle habitait, sans savoir comment l'aborder.

C'est le deuxième pas qui coûte... J'étais si mal de la voir au milieu de ses amis, de ses petits copains... De la voir tellement normale, banale, intégrée... Si loin de mon imaginaire, où pourtant elle s'était reconnue... Enfin, je l'avais cru.

Il baissa la tête. Delphine le regarda prolonger son silence. Elle évita toute relance, tout signe d'impatience, toute forme de réaction. Quand il releva les yeux, il avait l'air de se réveiller.

– C'était deux heures du matin, à Nanterre. Elle sortait d'une fête, elle était seule, elle cherchait un taxi. Elle m'a vu. Je me suis approché, elle a pris peur, elle s'est sauvée ; je l'ai poursuivie pour la rassurer... Son talon s'est pris dans une grille, elle est tombée en avant. Tuée sur le coup. Il n'y avait personne. Absolument personne. Un cimetière de voitures, en face. J'ai porté son corps, je l'ai déposé dans une malle arrière.

– Pourquoi ?

– L'espoir. Laisser l'espoir. La garder en vie dans l'esprit des autres... Je suis resté sur place. J'étais là quand les machines ont broyé la tôle, compressé la carcasse... Ensuite je suis rentré prier devant son tableau. Son corps était là, rien qu'à moi. Son âme viendrait habiter l'univers que je lui avais construit... Mais je n'ai pas pu. Je n'ai pas pu la garder pour moi seul. Je n'avais pas le droit... Il fallait que j'offre son image au monde.

– Et Rébecca Wells ?

– Elle faisait une séance photo sur la butte Montmartre. Un type lui a piqué son sac, je l'ai coursé, j'ai rapporté le sac. Elle a regardé l'esquisse que j'avais faite sur mon carnet, pendant qu'on la flashait. Elle a accepté de poser pour moi. Ensuite elle a voulu acheter la tôle. J'ai dit non. Elle est revenue la nuit avec son amant, le vieux plouc à millions, qui a sorti son chéquier. J'ai répété qu'elle n'était pas à vendre. Il a mis sur la table vingt mille euros en espèces, et elle a pris le tableau. Je lui ai sauté dessus pour le reprendre, elle s'est débattue, elle m'a frappé, j'ai répondu. Le vieux a eu peur, il a sorti un pistolet. J'ai voulu le désarmer, il a tiré, elle a pris la balle. C'était ma faute. Il était là, complètement hagard devant le cadavre. Il perdait tout, si j'appelais la police. Sa femme, ses enfants, son entreprise... J'ai descendu le corps dans sa voiture, on est allés dans son usine, on l'a brûlé dans l'incinérateur.

– Et la semaine dernière il s'est suicidé, ce qui vous permet aujourd'hui de le dénoncer sans qu'il se défende.

– C'est à cause de mes tableaux qu'elles sont mortes, Delphine. Je ne pouvais pas rester seul avec ça dans ma tête... Je voulais qu'elles existent encore, pour les gens... Et pas d'une manière banale, sordide, pas seulement dans les faits divers... Je leur ai créé une légende. Je leur ai offert une deuxième vie.

– Vous êtes conscient que cette nouvelle version des

faits est parfaitement invérifiable, et que je devrai, une fois encore, me contenter de vos seules affirmations.

– Oui. Hier je vous ai donné les moyens de me faire condamner, aujourd'hui je vous offre une chance de me rendre la liberté, si vous me croyez sincère. Vous avez toutes les cartes en main : décidez.

– Vous voudriez que je fasse l'impasse sur l'agression, que je continue l'instruction.

– A vous de choisir. Le gardien n'aura rien vu, si je le lui demande. C'est une affaire entre votre conscience et vous. Moralement, vous ne supporteriez pas que mon dossier soit refilé à un autre juge au hasard, qui n'y comprendrait rien. Vous vous êtes trop impliquée. Je voudrais rester entre vos mains, Delphine. J'adore ça. Je n'ai jamais été aussi heureux que ces six derniers mois. Je travaille, je suis tranquille, je suis reconnu, je compte pour quelqu'un... Qu'est-ce que vous voulez que je fasse, dans la vie normale ? Je n'ai jamais réussi à me faire aimer d'une femme, en dehors de ma peinture. Vous me croyez, là ?

– Oui.

– Je ne vous ferai plus jamais peur, Delphine, je vous le jure. Si vous pensez réellement que vous étiez envoûtée, considérez que j'ai annulé le sort.

Elle tressaillit malgré elle, le dévisagea, incrédule. Il lui montra l'état de ses mains, ses ongles cassés.

– Mon portrait, murmura-t-elle, blême, vous l'avez...

Il perdit soudain son contrôle. Cette voix, cette émotion, ce regard en disant « Mon portrait »... Elle était comme les autres.

– Bon, ça va ! Je peux en refaire un ! C'est jamais que de la couleur et de la concentration, des réflexes, une technique ! C'est tout ! Vous êtes toutes obsédées par vous-mêmes, par votre image, mais moi... Moi ! J'existe, aussi ! J'existe !

– Vous croyez ?

Il la regarda, souffle court, décontenancé par le calme, la sérénité de son sourire. Elle pressa une touche de son téléphone, demanda à son greffier de venir consigner les déclarations du prévenu.

*

Au premier étage de l'hôtel Drouot, les enchères stagnaient autour d'un Jef Hélias de la première période, une nature morte sur plaque rouillée. Le commissaire-priseur adjugea, se tourna vers le représentant des Musées nationaux, qui ne fit pas jouer son droit de préemption. Les deux œuvres suivantes restèrent en dessous du prix de réserve. Les visages s'allongeaient, chez les marchands. Tout le monde avait lu la manchette du *Figaro* : *Affaire Hélias : la juge Kern prononce le non-lieu. Le peintre, qui s'était accusé par provocation du meurtre de ses modèles, risque à présent des poursuites pour outrage à magistrat.*

A la fin de la vente, Charlie s'approcha d'Emmanuel de La Maule, qui piétinait dans l'encombrement de la sortie en parlant discrètement à une enchérisseuse :

– Rentre à la galerie et négocie avec Tokyo, avant qu'ils n'apprennent... Demain, ça ne vaudra plus rien.

– Bonjour, dit Charlie. C'est vous qui avez écrit le bouquin sur Michel-Ange ?

Le critique se retourna, surpris. Pour l'amadouer, elle lui dit qu'il faisait plus jeune que sur la photo du livre. Puis elle lui demanda des précisions sur les deux apprentis de la chapelle Sixtine : avait-on une preuve de leur mort ?

Il hésita, partagé entre ses soucis, l'urgence des dispositions à prendre, et l'intérêt que lui manifestait cette jeune admiratrice tout à fait consommable.

– J'ai mis des guillemets, mademoiselle, répondit-il, l'air avantageux, en jaugeant le volume de sa poitrine sous le blouson.

– Des guillemets ?

– C'est un simple bobard, une casserole que Bettini, un concurrent de Michel-Ange, a essayé de lui accrocher. Les deux apprentis ont été soudoyés pour disparaître, c'est tout.

– Vous êtes sûr ?

– Si vous préparez un mémoire en histoire de l'art, je

ne suis pas certain que vous ayez choisi le meilleur angle, ajouta-t-il avec un sourire désolé. Croyez-moi, la peinture n'a rien à voir avec le paranormal.

Avant qu'il ait pu lui demander son téléphone, elle avait disparu dans la foule.

*

Delphine, à son bureau, écoutait Pierre lire *Le Monde* en arpentant la pièce :

– « ... Interpellé à la Chambre sur le pouvoir exorbitant des juges d'instruction, qui ont le droit de soustraire sans preuves ni explications un prévenu à la justice, le garde des Sceaux a répondu qu'une réforme prochaine redéfinirait le devoir de réserve des magistrats instructeurs à l'égard de la presse. » Bravo !

– On a l'habitude, non ? répondit-elle, placide, en écrivant un SMS sur son portable. Une réforme qu'on promet depuis vingt ans, ce n'est plus une réforme, c'est un refrain.

– Mais, pauvre gourde, tu as tout foutu par terre ! Tu avais tous les journalistes à tes pieds, tu pouvais prolonger ton instruction pendant des mois, on jouait sur le suspense, on faisait monter le cours des tableaux à chaque indiscrétion que tu laissais filtrer, tu devenais la reine des médias, tu étais nommée procureur en moins de...

– Et mon intime conviction, tu en fais quoi ?

– Tout le monde s'en tape, ma pauvre Delphine ! Personne ne t'aurait jamais reproché un innocent en préventive. Mais si tu as relâché un meurtrier et qu'il se remet à tuer des filles, tu sais ce que tu risques.

– Je voudrais que tu sortes de mon bureau, Pierre. Je voudrais que tu sortes de ma vie, et que tu fermes la porte.

– Oh, ça, ne t'inquiète pas : tu vas être seule. Tu as gâché ta carrière, tu as coulé un artiste, tu t'es mis à dos la Chancellerie, la presse et l'opinion. Tes amis viennent d'oublier d'un coup ton numéro de téléphone, tu vois.

Elle répondit en désignant du doigt la porte, qu'il ne fit même pas l'effort de claquer. Elle envoya son SMS, puis se leva pour aérer la pièce, en attendant la réponse. Le ciel s'était chargé, la chaleur pesait sur la ville, on espérait l'orage.

*

A la lueur des éclairs, Lucien Sudre arrachait tous les articles sur Jef qui tapissaient les murs de son local. Hoquetant sous les larmes, il attrapa son litre de blanc, but au goulot, fracassa la bouteille dans les coupures de presse, arracha le crucifix au-dessus de son lit et le brisa d'un coup de pied.

Jef entendit la clé tourner, la porte grincer sur ses gonds, corrigea une ombre du bout de son pinceau et releva les yeux. La silhouette du gardien apparut dans l'encadrement.

– Vous partez demain, bredouilla-t-il, vacillant. C'était pas vrai, hein ? Vous êtes pas le diable, vous êtes pas un ange... Vous êtes rien. Et on va casser la maison.

– Votre tableau est fini, dit Jef sans bouger.

Lucien Sudre vint lentement derrière lui, traînant la jambe et les mots :

– C'est dégueulasse de m'avoir fait ça... J'avais tellement envie d'y croire... Qu'il se passe enfin quelque chose, dans ma vie... quelque chose de magique...

Il sursauta en découvrant la dernière œuvre de Jef.

– Mais... vous deviez me peindre *moi*, balbutia-t-il.

– C'est mieux comme ça.

Le gardien l'interrogea du regard. Le peintre acquiesça, gravement. Lucien détourna les yeux, esquissa un mouvement vers la porte.

– S'il vous plaît, insista Jef.

Le gardien regarda une dernière fois le visage sur la plaque de tôle. Puis il fit ce que désirait le peintre.

*

Delphine, qui versait l'eau des pâtes dans la passoire, se retourna en entendant le fracas du plat que Charlie venait de laisser tomber.

– Qu'est-ce qu'il y a ? lança-t-elle, inquiète. Tu as une vision ?

– Non, j'avais du beurre sur les mains.

– Excuse-moi.

– C'est fini, les morts : je suis en vacances.

Elles se sourirent. Charlie alla prendre un autre récipient dans le placard.

– C'est quoi, alors, cette bergerie ? C'est un truc de famille ?

– Non, dit Delphine en vidant la passoire dans le saladier. C'est un coup de cœur, il y a dix ans, dans le Vercors. Quatre murs de pierres sèches et un toit qui fuit. Sans électricité, sans gaz et sans eau.

– Compte pas sur moi pour découvrir une source. J'ai jeté mon pendule.

– Il y a une rivière, la rassura Delphine en râpant du fromage.

– Et j'aime pas le poisson.

– On se tapera un pêcheur.

Charlie ramassa les morceaux de verre, les jeta à la poubelle avec un retour de tristesse. Son regard se posa sur *Attirance*, trouvée le matin même devant sa porte, avec un mot de Maxime scotché sur la tôle : « Personne en veut, de cette merde. En plus je me suis ouvert la main avec, faut que je me fasse vacciner : manquerait plus que ça me foute le tétanos. » Les couleurs de Cécile Mazeneau semblaient moins contrastées, la rouille plus présente. C'était la pluie de la veille, ou bien c'était le début de l'oubli.

– Qu'est-ce qu'il va devenir, si sa peinture ne marche plus ?

– Charlie... On a dit qu'on n'en parlait plus, d'accord ? C'est un homme ordinaire que j'ai rendu à la vie normale. Point. Il sera libre demain.

– Tu peux au moins aller lui parler.

– Pour lui dire quoi ?

– J'sais pas, moi... « Bonne chance. »

– J'ai fait mon métier, Charlie.

– Mais faut vraiment qu'il aille mal, pour que le gardien te demande de venir d'urgence !

– Arrête... Je pars en week-end, lundi j'ai douze mille dossiers de fausses factures qui m'attendent, et les pâtes refroidissent.

– On fait juste un crochet. Sinon, tu te le reprocheras pendant trois jours.

*

Une heure plus tard, Delphine garait sa voiture devant la prison. Charlie la retint, au moment où elle sortait.

– Dis-lui qu'il ne faut plus vivre avec les morts. Dis-lui que j'ai arrêté, moi. Qu'il ne faut plus donner de pain aux pigeons... Il comprendra.

Le gardien vint ouvrir. Delphine regarda le berger allemand tourner en rond dans la cour, fébrile, s'arrêter pour hurler à la mort, repartir le long des murs en reniflant les pierres.

– Qu'est-ce qu'il a, son chien ? demanda-t-elle.

– Il sent qu'il va partir, répondit tristement Lucien Sudre.

Elle le suivit dans les coursives, écoutant ses inquiétudes. Il était passé plusieurs fois, dans la nuit et ce matin : Jef n'avait pas fermé l'œil, il refusait de manger, ne prononçait pas un mot, semblait ne rien entendre. Il était comme dans un état second, depuis qu'il avait recommencé à peindre sur une tôle.

Delphine s'arrêta, demanda *qui* il était en train de peindre.

– Je ne sais pas, dit Lucien en ouvrant la grille du quartier H. Il cachait le tableau avec son corps, je n'ai pas voulu le déranger...

Ils marchèrent sans rien ajouter jusqu'à la cellule. Delphine trouvait le silence bizarre, différent de l'autre jour.

Le vent coulis sifflait dans la verrière, mais quelque chose manquait. Le trottinement des rats.

– Monsieur Jef ! lança le gardien d'un ton de gaieté forcée. Allez, dernière visite avant la liberté !

Il ouvrit la porte, et se figea, stupéfait.

– Jef ?

Delphine se précipita derrière lui dans la cellule. Elle le vit courir dans le coin toilettes, ouvrir l'armoire, regarder sous les lits. Puis elle découvrit le tableau. L'autoportrait dans la rouille, sur fond d'enfer et de paradis séparés par une courbe médiane, en forme de point d'interrogation. Hors d'haleine, les yeux fous, le gardien avait exploré tous les recoins de la cellule vide. Il tomba à genoux au pied du chevalet, se signa devant le miracle.

*

Les recherches s'arrêtèrent au bout de six jours. Ni les hommes ni les chiens, ni les bulldozers ni les pendules n'avaient retrouvé le corps. Charlie se contenta de dire qu'elle sentait la présence de Jef dans son autoportrait, mais qu'elle n'entendait rien : s'il était mort, c'est qu'il était bien.

La police interrogea longuement le gardien, sans rien tirer de sa crise mystique, et le remit en liberté. Il demanda la permission d'emporter le tableau. On refusa. Delphine recueillit le chien.

Lucien Sudre partit pour la maison de retraite où l'administration pénitentiaire recyclait ses gardiens. C'était dans le Pas-de-Calais, en bord de mer. Somnolant au fond du car, il rêvait que la rivière souterraine coulant sous la prison emportait le corps du peintre jusqu'à la mer du Nord.

Le car fit un arrêt à mi-parcours. Lucien descendit acheter les journaux. Jef Hélias faisait toujours la une, et il sentit une bouffée de fierté, comme chaque matin. La légende qu'il avait offerte au peintre avait fait exploser la cote de ses tableaux. Il était content. Mêlée à la sienne, la voix de Jef résonnait en lui, de plus en plus claire, de plus en plus fidèle au souvenir – le ton de leur conversation au parloir, devant la fresque, ce moment d'échange et de confiance à jamais fixé dans son cœur, ce moment dans lequel Lucien avait commencé à s'enfermer, la nuit de l'orage, tandis qu'il traînait le corps de coursives en escaliers jusqu'aux fondations médiévales, jusqu'aux oubliettes inondées sous les caves :

– Pourquoi vous les avez tuées ?

– Pour les garder en vie.

3.

La maîtresse de maison

Chaque année, nous prenons quinze jours de vacances. Christina en est malade, parce que c'est papa qui nous remplace alors à la teinturerie : papa est vieux, il se trompe dans les numéros, mélange les piles et perd les fiches. Le plus simple serait évidemment de fermer, seulement *La Reine Blanche* ne ferme jamais. Question de principe, question de fierté : papa n'en démord pas. Trois générations sans fermer, sauf le dimanche. Mais Christina se sent tout de même obligée de partir quinze jours, parce que c'est lui qui nous a offert la caravane.

Papa aime bien se retrouver seul avec les clients, en fait ; ce sont ses vacances à lui. Quinze jours, c'est bon – après on lui manque. Alors chaque 1er août, j'attelle la caravane à la voiture, et on va la promener. Il ne faut pas trop se plaindre. Un chien, par exemple, ça se sort tous les jours.

La première année, Christina a voulu montrer la Bretagne aux enfants. Camping trois étoiles au bord de la plage. Le premier jour, nous avons ramassé des crevettes ; le deuxième jour, un pétrolier s'est échoué. L'été suivant, elle a choisi la côte basque : il a plu tout le temps. L'année dernière nous étions en Espagne, entourés de Belges et tout sentait la frite. Il paraît que j'ai fait la gueule, alors Christina m'a dit : Puisque tu es si malin, cette année c'est toi qui réserves.

*

Je n'étais encore jamais venu dans cette rue. Elle est au bout d'un vieux quartier, adossée à la colline, et ne doit voir le soleil qu'une ou deux heures par jour. Ce n'est plus vraiment la ville, les maisons sont basses, les enseignes écaillées et le stationnement gratuit, mais ce n'est pas non plus la campagne. C'est une impasse oubliée qui bute contre le rocher, dans un fouillis de ronces fleuries de sacs en plastique ; le vent dominant vient d'Auchan. L'après-midi est doux, le silence parsemé de bruits de couverts. Je n'ai croisé personne depuis cinq bonnes minutes. Mes pas m'ont mené au hasard, comme tous les après-midi ; la différence est qu'aujourd'hui j'ai un but.

Je me suis réveillé ce matin en me disant : ce soir, j'aurai réservé. Ma première vraie décision depuis que le théâtre a fermé – ces dix-sept ans que Christina appelle pudiquement « mon problème avec la réalité », et qu'elle soigne à coups de vitamines. Elle est de ces personnes construites sur la durée qui pensent que tout s'arrange avec le temps. Rien ne s'arrange et c'est tant mieux. J'étais tombé raide amoureux d'elle à la fac, section Arts du spectacle, dans *La Mouette* de Tchekhov. Bonheur total, définitif et sans filet. Avec mon plan d'épargne-logement, je lui avais acheté en cadeau de mariage le Théâtre du Fournil, cette jolie cave tendue de velours rouge où je pensais jouer avec elle les plus belles pièces du monde, mais, au deuxième « succès d'estime » à trente spectateurs la semaine, elle a préféré me fonder une famille et reprendre en main la teinturerie. A la naissance de notre fils, le service d'Hygiène de la ville a fermé le théâtre à cause des rats du restaurant voisin.

Depuis, je ne suis plus amoureux que d'un souvenir. Ma vie s'est arrêtée dans un rêve inabouti qui, du coup, reste intact. Votre mari ne change pas, s'extasient les clients. L'échec conserve. Christina a perdu quinze kilos, de maternités en régimes : plus de seins, de peur qu'ils ne tombent, plus de sourires à cause des rides, et elle ne sent plus que le propre. Tout ce qu'elle a gardé de nos années de fac, c'est cet accent suisse allemand qu'elle cultive comme un devoir de mémoire, depuis que ses parents sont morts dans une avalanche. Cet accent qui fait sérieux au magasin, un peu moins dans l'amour, mais notre vie sexuelle est de plus en plus silencieuse. Elle m'accorde le droit de visite un dimanche sur deux, avant la messe. Le reste du temps, je la trompe avec ses photos de scène. La Christina des années 80, la seule, la vraie, la mienne.

De loin en loin, comme ça, pour vérifier mon état de marche, j'ai eu quelques aventures au présent, discrètes et scrupuleuses, mais elles n'ont jamais égalé mon plaisir d'autrefois, mon plaisir des coulisses – à quoi bon accumuler les déceptions ? En me faisant l'amour au passé, je reste fidèle à moi-même.

Bien sûr, maintenant que les enfants sont grands, je pourrais divorcer, mais mon père a trop besoin de ma femme. Et puis que ferais-je de ma liberté ? Aucune envie de revenir sur le marché, de me retrouver disponible. Alors je partage mon temps entre les hôtels et le casino : je vais chercher le linge sale avec la camionnette *A la Reine Blanche*, je le rapporte quand il est propre, et dans l'intervalle je me consacre aux machines à sous. Je gagne, je perds, je me refais, j'équilibre et les heures passent. Quand j'ai atteint mon plafond ou touché mon plancher, je sors faire ma promenade. Puis je termine l'après-midi sur un banc au parc des Thermes, avec Balzac ou Proust en livre de poche. J'aime bien les œuvres inépuisables. C'est le même plaisir que les machines à sous.

*

Au bout de l'impasse, une fontaine fissurée perd son eau dans le caniveau, à gauche d'une agence fraîchement repeinte. Le voisinage de la couleur jaune vif et des ronces de la colline a quelque chose d'étrange, d'oppressant, je ne sais pas pourquoi. Sur la banne rayée qui s'effiloche, on lit : *Privilège Camping – Location de terrains individuels tout confort.*

Je m'approche de la vitrine, mets la main droite en visière. L'intérieur est sombre, des choses sont exposées qu'on distingue mal. Une clochette tinte, enrouée, un homme sort sur le seuil, et me dévisage comme si j'étais indiscret.

– Vous désirez ?

– Bonjour. Je voulais savoir si les terrains que vous louez...

– Les terrains que nous louons ? m'interrompt-il comme pour m'inviter à continuer.

C'est un petit homme creux, le crâne chauve et les yeux fiévreux, avec un col trop grand qui retombe sur son nœud de cravate. Je dis :

– J'ai une caravane.

Il prend un air entendu, la langue entre les dents, regarde autour de lui.

– Absolument, monsieur, absolument. Le camping est

une chose épatante sur le papier, n'est-ce pas, mais il y a la promiscuité. Je me trompe ?

Il m'invite à entrer, avec l'œillade gourmande d'un portier de peep show.

– Alors moi, je propose des terrains libres, inconstructibles, qui appartiennent à des gens qui n'en font rien, où vous serez au calme dans un environnement préservé, pourvu d'installations sanitaires. Vous louez l'emplacement pour la période que vous désirez, et voilà. C'est du camping sauvage, si vous voulez, mais légal et tout-confort. Dans votre caravane, vous serez seul au bout du monde avec votre petite famille.

Je souris en pensant à ma petite famille qui n'aime que les endroits « courus », comme dit Christina. L'agence est un réduit éclairé par une fenêtre de côté, pratiquement obstruée par le feuillage. Dans la lumière verte s'alignent des automates immobiles.

– Ma passion, dit-il. Bien, où mettons-nous le cap ? Le nord, le sud ?

– Je voudrais un endroit très laid. Marécageux, insalubre, loin de tout.

– Certainement, monsieur.

Sans marquer la moindre surprise, le petit homme est passé derrière son bureau. Amusé par sa réaction, je précise :

– Je paierai le prix qu'il faudra.

Il hoche la tête, pensif.

– C'est pour vous... ou pour votre famille ?

Il y a plus que de la complicité dans son ton ; une sorte de solidarité, d'entraide mutine. Je réponds :

– Les deux.

En fait, je ne sais pas quel compte je règle en décidant d'empoisonner nos vacances, mais c'est plus profond qu'une mauvaise blague. C'est peut-être une dernière chance, une main tendue, une tentative pour nous retrouver. Renouer des liens. Sans entourage, sans ambiance, sans solution de repli...

Il m'invite à m'asseoir sur une chaise paillée, entre le mur et un genre de marquise à perruque poudrée, l'air stupéfaite et les mains levées dans sa robe de bal, comme si on la braquait.

– Morgensen, énonce-t-il gravement. 1884 : sa grande période.

Je hoche la tête, l'air de m'intéresser. Mon côté commerçant – l'hérédité. Il ouvre un tiroir et sort une boîte de fiches à l'ancienne dans laquelle il se met à farfouiller, tout en me jetant des regards à la dérobée, comme s'il essayait de m'assortir à ses produits. La fontaine glougloute, aussi présente que si elle était dans la pièce. Un souffle d'air agite les ombres autour des automates. Un bras, une jambe, une oreille, le nez : il manque des pièces à chacun, et l'amputation renforce le sentiment de malaise créé par cette assemblée de ferraille et porcelaine rose chair.

– Voilà, dit-il en se levant, je crois que j'ai trouvé ce qu'il vous faut.

Il contourne prudemment sa marquise braquée, la langue entre les dents, vient me tendre une fiche. Trois photos sont collées sous les indications écrites en pattes de mouches. Sur l'une on voit un champ limité par une forêt de pins morts, sur l'autre le même champ séparé par un grillage d'une étendue de terre grise, sur la troisième la mer boueuse derrière une dune plantée d'une pancarte illisible. Les mains dans le dos, il me récite le descriptif en même temps que je le déchiffre.

– Vous connaissez la région ?

Je fais non de la tête. Il pousse un soupir à fendre l'âme.

– Mille deux cents mètres carrés. La mer en contrebas du terrain. Et là, je vous garantis qu'il n'y aura personne.

– Ça a l'air assez désolé, non ?

– Sinistre, vous voulez dire ! se récrie-t-il gaiement. Enfin, il y a le village à six kilomètres, vous le verrez au verso, et puis la ville à vingt minutes de voiture. Evidemment, ajoute-t-il, préoccupé, c'est assez peu cher...

– Quel est le problème ?

Il se gratte la tête en soupirant à nouveau.

– Terrain militaire, cher monsieur. Toute la zone vient d'être expropriée. Evacuation à l'automne. Enfin, d'ici là, nous pouvons louer encore juillet-août. Si vous avez vraiment envie d'être seul...

Je retourne la fiche. Un village, vu du ciel, petit, banal, volets fermés. Il n'y a personne dans les rues. Quelques voitures garées, des meubles entassés devant certaines portes. Au-dessous, une autre photo montre le terrain côté pins ; l'angle est différent et on voit une grande villa au second plan. C'est une curieuse construction sans style, ou plutôt mélangeant tous les styles. Il y a des tours d'angle, une ronde et l'autre carrée, des colonnes sur le devant, des colombages sur le côté, une véranda, un toit à pignon hérissé de clochetons, entouré d'une terrasse à balustres. La pierre de taille voisine avec la brique jaune et les frises rococo.

– C'est la maison voisine, précise l'agent immobilier en suivant mon regard. A l'abandon depuis des lustres.

– Elle est curieuse.

– N'est-ce pas ? Et encore, vous n'avez pas tout vu...

Je l'interroge du regard. Il sourit en biais, penché au-dessus de ma chaise. Sa langue fait entendre des petits bruits qui se confondent avec le glouglou de la fontaine.

– Je vous prends du premier au 15 août, c'est possible ?

– Absolument. Votre prédécesseur quitte le 31 juillet. C'est un habitué : trois fois qu'il y va. Ça lui brise le cœur que ce soit la dernière.

– Qu'est-ce qui lui plaît tant ?

Il aspire l'intérieur de ses joues et retourne derrière son bureau. Il ouvre un dossier, me tend des papiers.

– Trente pour cent à la réservation, et le solde un mois avant le départ. Vous pouvez garder la fiche.

Je parcours le contrat de location, je signe et sors mon chéquier. La somme est dérisoire : les vacances nous reviendront quatre fois moins cher que d'habitude. J'imagine la réaction de Christina, et je vois d'ici les représailles. D'un autre côté, l'an dernier, elle refusait déjà de faire l'amour à cause du nombre d'enfants au mètre carré dans les caravanes voisines. Cette fois, elle aura une bonne raison.

Pendant que le loueur vérifie que tout est en ordre, je détaille à nouveau la photo posée sur le bureau. Cette maison m'intrigue. Tous ces efforts d'architecture laissés à l'abandon ont quelque chose de poignant, d'injuste. Les crevasses au milieu des moulures, la dentelle des frontons façon bois qui s'émiette, les volets mauresques ouvragés qui pendent... C'est comme si le paysage alentour, linéaire et fade, avait peu à peu grignoté par jalousie ces tourelles insolentes, ces colonnes sensuelles, ces motifs en trompe-l'œil, tout ce superflu baroque et provocant qui n'est pas à sa place.

Le petit homme me tend une carte de la région que j'enfouis dans ma poche, avec le double du contrat et une enveloppe contenant la clé des « installations sanitaires ». Je le remercie.

– Oh, fait-il en levant une main, dans un curieux

mélange d'humilité et de gourmandise, vous verrez quand vous serez sur place.

– Vous parliez d'une zone militaire... Qu'est-ce qu'ils font ?

Il répond d'une moue incertaine, le regard fuyant, me reconduit jusqu'à la porte. Il paraît soudain pressé de se débarrasser de moi.

– Ce n'est pas dangereux, quand même ? dis-je, pris d'un scrupule tardif.

Il hausse les épaules.

– La vie est dangereuse, monsieur, tout est dangereux, de la naissance à la mort, sinon où serait l'intérêt ? Mais du côté militaire, non, il n'y a aucun risque. Maintenant, je ne peux rien contre les vagues, les moustiques et la pluie. Bonnes vacances.

Il me tend la main avec vigueur, et ouvre la porte. Le timbre aigrelet de la sonnerie dissuade de poser d'autres questions.

Je remonte la rue, cherchant à rire du bon tour que je joue à ma famille, mais mon esprit est ailleurs. Je marche dans des pensées bizarres, absorbé, impatient, nostalgique. Cette maison dont j'emporte la photo dans ma poche me trouble comme le ferait un lieu d'enfance, à la fois familier et perdu de vue. Comme si son image réveillait des souvenirs que je possédais à mon insu.

*

– *When I fuck you !*

J'ai sursauté, une roue de la caravane mord le bas-côté.

– Stéphanie, ne chante pas quand ton père double !

– *When I fuck you, My dick is blue !*

Comme elle a ses écouteurs, on peut toujours crier. Sa mère devrait se retourner et lui parler par gestes, mais, quand je conduis, Christina regarde la route, les mains crispées sur la carte étalée sur ses genoux.

– Ça y est, s'exclame Jean-Paul, ce connard de Pétain qui remet ça !

Il a découvert récemment la page centrale du *Dauphiné-Dimanche*, intitulée « Il y a soixante ans », et qui reproduit en fac-similé l'actualité de l'époque. On vit au rythme de l'Occupation, des attentats résistants, des ripostes nazies et de la diplomatie de Vichy. Sa mère pense que c'est dirigé contre elle, en tant que Suisse Allemande.

– Qu'est-ce qu'ils étaient cons, soupire Jean-Paul d'un air accablé en relevant les yeux.

Il revient parmi nous et, fort du passé qu'il vient d'ingurgiter, promène un regard de sage sur la campagne à ronds-points et meubles-expos qu'on traverse, garnie de promos taguées et d'emblèmes McDo. Ça fait du bien, la civilisation.

– *'cause when I fuck you, My dick is blue !* conclut sa sœur dans le rétro en se dévissant la tête en mesure.

La modulation finale la laisse rageuse, dents sorties, rictus figé style doberman. Elle ôte un écouteur pour réclamer les chips. Je lui demande si elle sait ce qu'elle chante.

– Will Bricks, répond-elle d'un ton définitif, style : cherche pas à comprendre.

– Il devient schtroumpf ?

– Hein ?

– Il dit que lorsqu'il baise, sa bite est bleue.

– Etienne ! reproche Christina.

– Faut toujours que tu rabaisses tout, me jette ma fille en remettant son écouteur.

Et le souffle de la clim revient dans le silence, rythmé par le son des chips et les bips de Jean-Paul sur sa GameBoy Advance. Rien à dire : ce sont des ados normaux. Sauf qu'ils étaient déjà comme ça avant la puberté. Chieurs précoces. Rigides et butés, sûrs d'eux et critiquant le reste. Ils ne font rien, comme moi, mais avec l'air besogneux de leur mère, ce qui nous les rend insupportables à l'un comme à l'autre, mais on les voit peu.

Chaque année, Christina leur fait une scène vers le mois de mai, dès qu'ils commencent à émettre des projets perso pour l'été. Elle crie qu'ils ne sont pas seuls au monde, et que c'était bien la peine que leur grand-père achète une caravane pour que la famille se ressoude.

Alors, en échange du financement de leurs projets pour juillet, ils viennent avec nous en août – disons qu'ils profitent de la voiture. Dès l'arrivée, ils se font des copains au camping et on ne les voit plus. Christina leur fait signer les cartes qu'elle envoie à mon père.

– C'est encore loin ? s'informe Stéphanie à la fin des chips.

– Une dizaine de kilomètres, répond Christina, l'ongle sur la carte.

– C'est aussi nase que par ici ?

– Demande à ton père.

Je dis que c'est une surprise. Deux soupirs tendus résonnent au milieu des bips.

– A gauche après le calvaire, laisse tomber Christina. Ensuite tu te débrouilles, puisque tu ne veux pas nous dire le nom de ton camping.

– Il n'a pas de nom.

– Ça promet.

Je souris en mettant mon clignotant. Pour la dixième fois elle rouvre son Guide bleu, dans l'espoir ostentatoire de découvrir dans les alentours un point de vue pittoresque, un site classé, une table courue qui lui auraient échappé. Elle s'en veut de m'avoir laissé choisir notre destination. Elle s'attend au pire. Et, pour une fois, je ne la décevrai pas.

– Un moustique ! hurle Stéphanie. Mais p'tain, y a

même pas une clim à filtre, dans cette caisse pourrie ! Maman, bouge pas !

Elle balance une claque sur l'épaule de Christina qui pousse un cri.

– Chier, marmonne Jean-Paul, tu m'as fait perdre une vie !

Ses bips s'intensifient. Je bifurque au rond-point du calvaire, et je m'assure d'un regard circulaire qu'aucun des trois n'a remarqué le large panneau de restriction de circulation aux couleurs de la Défense nationale. *Vous entrez dans une zone militaire. Plages et sous-bois interdits, en dehors des périmètres délimités.* Un tressaillement de joie parcourt mon dos. Je fredonne soudain :

– *'cause my dick is blue !*

Christina me lance un regard polaire. Je négocie un virage dissimulé par les hautes herbes, et nous découvrons au bout de la ligne droite une barrière rouge et blanc, flanquée d'un poste de garde.

– Tiens, un barrage, dis-je d'un ton neutre.

– Les enfants, vos ceintures ! s'empresse Christina.

Elle referme son guide, Jean-Paul relève le nez de sa Game-Boy, Stéphanie arrête son MP3. Je rétrograde et freine progressivement. Un soldat en treillis s'approche de ma vitre qui s'abaisse.

– Monsieur.

Je lui rends son salut, courtois.

– Où allez-vous ?

Je m'appuie contre mon dossier pour extraire de ma poche intérieure le titre de location, que je lui tends d'un air conciliant. Il le parcourt, réprobateur, en jetant des regards en coin à mon sourire serein, puis nous demande d'attendre quelques instants. Il entre dans le poste de garde, où deux de ses collègues boivent un café en nous observant par la vitre. On le voit parler dans un téléphone, tourné vers nous, décrivant sans doute la Volvo et son attelage.

– Je peux savoir à quoi ça rime ? demande sèchement Christina en essayant d'attraper mon regard.

Je soulève les épaules pour exprimer mon étonnement. L'air soudain hilare, Jean-Paul balance :

– Il a réservé dans un stalag.

Je ne peux m'empêcher de rire, et Christina pivote sur son siège, fusillant l'iconoclaste.

– On ne plaisante pas avec ça, Jean-Paul !

Le soldat revient et me rend le document.

– C'est bon, vous pouvez passer. Mais vous avez loué jusqu'au 15, vous ne devez pas rester un jour de plus. Et défense de s'introduire sur le périmètre au nord du village. Défense de se baigner, aussi, dans cette partie de la pointe. Vous avez les plages autorisées de l'autre côté, en direction de la ville, suivez le fléchage. Et restez sur la route, surtout : les chemins de terre sont interdits aux véhicules civils. Bonnes vacances.

Je le remercie de sa gentillesse et je redémarre. Il lève

la barrière. Je passe en lui faisant un petit signe de la main.

– *Heili, Heilo !* commente Jean-Paul en musique.

– Non mais c'est une histoire de fous ! éclate Christina.

Je change de vitesse en nuançant le constat d'une moue.

– Le type de l'agence m'avait prévenu qu'il y aurait quelques militaires. Au moins, ça évitera les vols. Tu te rappelles ton sac, l'an dernier.

La mâchoire pendante, elle regarde le paysage défoncé par les blindés.

– Un champ de manœuvres ! Tu nous fais camper dans un champ de manœuvres !

Elle se tourne vers les enfants, pour unir leur indignation à la sienne.

– Mais t'es nul ! s'écrie Stéphanie. Ça va être désert !

– C'est prévu pour quand, les essais d'armes chimiques ? s'informe Jean-Paul.

– On rentre ! décide Christina.

– Non.

Elle me dévisage, prise de court par mon autorité.

– Comment ça, « non » ?

Vingt ans de tranquillité conjugale se sont effondrés dans sa voix. Je précise, radouci :

– On est arrivés.

Nous longeons un vaste enclos avec des hangars et des

conduites en béton empilées sur cinq mètres de haut. Des sentinelles sont en faction devant les tubes. De l'autre côté de la route, une construction qui ressemble à une gigantesque serre, derrière trois rangs de barbelés, jouxtant un cratère où descendent des autochenilles.

– C'est Roswell, diagnostique Jean-Paul. Y a eu un crash d'OVNI, et ils évacuent les Terriens.

– On ne va pas rester là quinze jours, non ? s'insurge Stéphanie d'une voix déjà moins assurée, presque plaintive.

Je réponds :

– Si. Derrière la pointe il y a la ville, on t'a dit. Tu pourras toujours t'y baigner, faire les boutiques et flirter : ça ne sera pas plus loin que l'an dernier, et au moins on ne sera pas les uns sur les autres.

Un silence d'hiver nucléaire retombe dans l'habitacle. Je laisse à main droite l'embranchement vers la ville.

– De toute manière, à cette époque de l'année, on n'avait pas le choix.

Christina remue la tête, la bouche ouverte, suffoquée par mon aplomb. Un chemin signalé par un char d'assaut dans un triangle rouge coupe la route, et nous brinquebalons sur la chaussée défoncée. L'autorité est une chose étonnante. J'ai eu bien tort de m'en priver jusqu'à présent.

– Il n'est pas question..., commence ma femme avec un espace entre chaque mot.

– Tu nous gonfles.

La stupeur l'enfonce dans son siège. Je lui résiste. Devant les enfants.

– Cool, se réjouit Stéphanie en poussant Jean-Paul du coude.

Penchés en avant, les doigts sur nos sièges, ils attendent qu'on s'étripe. Assiégée dans sa souveraineté, leur mère réplique avec hauteur :

– Très bien. Je sais ce qui me reste à faire.

Elle ne doit pas en avoir une idée bien nette, mais cette réflexion lui permet de voir venir.

Un clocher est monté derrière une dune, les maisons se détachent sur le ciel couvert. Une forêt de chênes et de broussailles nous cache aussitôt le village, et la mer apparaît entre deux miradors. Une eau grise agitée qui rampe en vaguelettes serrées sur le sable couleur de mastic.

– J'ai bien fait d'oublier ma planche de surf, marmonne Stéphanie à son frère.

Pas de réponse. Je vois dans le rétro les regards de Jean-Paul repérant les accidents du terrain où il pourra faire du trial. Sa moto est calée par des couvertures dans la caravane, entre le frigo et la couchette de sa mère.

La route descend à travers des champs marécageux, des prés sans vaches garnis de baignoires. A présent tout le monde se tait et mes paroles de rebelle résonnent dans ma tête. Peu à peu, elles perdent leur saveur, leur poids de conséquences, et je repense à la maison de la photo. Je la regarde tous les soirs, quand les autres sont allés se coucher. Je ne sais ce qui m'appelle, dans cette construction bizarre qui ne ressemble à rien. Un détail m'a sauté aux yeux, au bout d'une semaine – un détail que j'aurais pourtant dû remarquer tout de suite. A la dernière fenêtre du premier étage, avant la tour carrée, il y a des rideaux cintrés sur un côté, à mi-hauteur, comme par une embrasse. J'ai pris une loupe. Je n'ai pas vu de cordelière ; simplement quatre points blancs.

Je suis allé à la cave, où je remise les jouets que les enfants n'utilisent plus, et j'ai remonté la boîte du Petit Biologiste, Noël 1998. J'ai placé la photo sous la lentille du microscope. C'est une main. Quatre doigts aux ongles mauves, un vernis de la couleur du rideau. Pourtant la villa est visiblement à l'abandon, comme l'a dit l'agent immobilier. A présent, je distingue les doigts à l'œil nu, de façon très claire, comme s'ils étaient apparus depuis que je regarde cette photo. Je souris en pensant qu'à force de m'y intéresser, j'ai fini par y mettre de la vie. Si je croyais aux fantômes, je me dirais que la revenante s'est sentie observée, et qu'elle a écarté le rideau pour venir aux nouvelles. C'est sans doute une campeuse en visite. Ou une femme soldat qui fait l'inventaire. Les militaires ont-elles droit au vernis ?

Je n'ai aucun souvenir de mes rêves, mais chaque

matin j'ai l'impression que la maison m'est un peu plus familière, comme si j'en revenais.

*

Je reconnais l'étendue de terre grise sans herbe, derrière le grillage, le petit bois de pins morts. Un bosquet d'arbres exotiques lui fait suite. Des conifères géants aux branches comme des tentacules, terminées par des pignes en forme de cloches. Ils ne figuraient pas sur la photo, coupée au ras de la tourelle d'angle, mais je les ai déjà vus : leur dessin se retrouve sur une des frises de la façade que j'examinais à la loupe. Je longe sans ralentir la clôture de bois vermoulu, j'évite de regarder la maison pour ne pas attirer l'attention de ma femme, déclencher des commentaires. Mais elle se contente de fixer la mer entre les pancartes écaillées surmontant les dunes : *Courants forts, baignade dangereuse.*

Plus récent, un panneau fléché signale : *Privilège Camping – emplacement privé réservé.* Je roule au pas sur la chaîne détachée qui ferme notre enclos. Un corbeau s'envole d'un sac-poubelle éventré. J'arrête la Volvo devant un mini-blockhaus à trois portes en PVC garnies de pictogrammes : homme, femme, fauteuil roulant.

– Tu remarqueras que je ne dis rien, lance Christina.

Le vent nous ballotte dans le silence de l'habitacle. L'herbe de notre terrain est d'un jaune uni, un peu plus sombre à l'emplacement où stationnait la caravane de nos prédécesseurs.

– Qu'est-ce qu'on glande ? s'impatiente Jean-Paul. On déplie, ou quoi ? Va se mettre à flotter, si ça continue.

Christina ouvre sa portière et sort. Bras croisés, tournée vers la mer, elle s'assied sur le capot et ne bouge plus. Le vent rabat ses cheveux sur la droite. Elle tourne la tête, et la bourrasque les ramène sur la gauche. Elle pivote, ils reviennent vers la droite. Exaspérée, elle rentre dans la voiture.

Je relève le col de ma veste, et rejoins les enfants. Stéphanie a ouvert la caravane, Jean-Paul sort sa moto avec des grimaces de précaution. Ils déplient leur tente et la plantent à égale distance des toilettes et des parents. La toile faseye autour des piquets. Je vais les aider.

– Et ne comptez pas sur moi pour faire la cuisine !

L'annonce des représailles lancée par la portière, Christina remonte sa glace pour couper court aux protestations que personne ne songe à émettre. On subit à longueur d'année ses légumes vapeur, ses viandes bouillies et ses röstis secs ; les enfants ont leur carte de fidélité au McDo et les pizzerias sont pour moi le principal attrait des vacances.

Tout en enfonçant les piquets, je regarde la maison derrière le petit bois. C'est vrai qu'elle est laide, prise dans le détail. Mais ceux qui l'ont pensée, bâtie, modifiée se sont donné tellement de mal, ont déployé tant de passion qu'il y reste comme une sorte de grâce. Tout, des encorbellements orientaux aux colombages normands, des colonnes torsadées comme des troncs de glycine aux petits dômes d'église russe, tout est fait pour séduire, dans une harmonie que je ne perçois pas très bien, mais à laquelle l'abandon ajoute encore quelque chose. Ce n'est pas du tape-à-l'œil, c'est du rentre-dedans. L'expression me fait sourire, tandis que je donne mes coups de maillet. C'est vrai que j'ai envie d'y entrer, dans cette maison, que j'en brûle d'envie, sans m'expliquer pourquoi. Je ressens la même impatience que jadis, quand j'arpentais la scène de mon théâtre, en imaginant le décor où je voulais voir évoluer Christina.

– Bon, vous avez fini ou quoi ? aboie ma femme en abaissant sa glace. Parce qu'il serait peut-être possible d'aller boire un café quelque part, non, dans ce désert des Tartares ?

– Allez-y, dis-je soudain. Vous avez vu où est le village. Vous pouvez même pousser jusqu'en ville. Moi je reste ici pour ranger.

Sans attendre leur réponse, je détache la caravane. Christina me toise, les dents serrées, les yeux fixes. Le regard auquel ont droit les clients de la teinturerie quand ils ont égaré leur ticket. Les enfants terminent de fixer la tente, remontent à l'arrière de la voiture. Elle s'installe au volant, démarre et patine avec rage. Je lui crie de faire gaffe, agacé par les mottes d'herbe qu'elle arrache. La Volvo fait demi-tour et me contourne, dans le hululement strident du warning intérieur. Ma femme n'a pas bouclé sa ceinture. C'est dire son état.

Le bruit décroît sur la route. Alors je me sens léger, incroyablement léger, comme autrefois dans le train des colonies de vacances, quand les parents s'éloignaient sur le quai.

Je boutonne ma veste et je marche vers la mer, enjambant les bouteilles et les ferrailles rouillées fichées dans le sable. Puis je remonte en direction du petit bois mort. Le sol est recouvert d'un tapis d'aiguilles craquantes soulevé çà et là par des fourmilières. Les pins sont presque tous nus, certains décapités, rongés de l'intérieur, d'autres couchés, déracinés ; la plupart sont restés accrochés aux branches voisines, comme un cortège de handicapés qui se soutiennent. Au-dessus de leurs cimes chauves, les conifères exotiques agitent leurs tentacules vert sombre.

Les volets sont fermés, aux portes-fenêtres du rez-de-chaussée. Les marches du perron s'enfoncent sous mes semelles, pierres fendues par les racines. Lentement je traverse la terrasse affaissée. La fenêtre où la main écartait le rideau est masquée par des persiennes qui battent sous les rafales. Je lance :

– Il y a quelqu'un ?

Le bruit du vent diminue. La maison dégage une

impression d'abandon moins forte que sur la photo. Des tuiles déchaussées pendent au bord des gouttières, mais aucun débris ne gît sur le sol. Le lierre accroché au crépi s'arrête net au ras des fenêtres, comme si on l'empêchait de pousser plus haut. Deux transats se font face sous un parasol fermé. Le bois est blanchi, piqueté, les toiles tombent en poussière, mais un chapeau de paille attaché par son cordon bat sur l'un des montants, presque neuf.

Marquée *Bienvenue* en lettres à demi effacées, la porte d'entrée au bois vermoulu paraît si fragile que c'en devient une incitation à l'effraction. Je pourrais l'enfoncer facilement, mais la perspective de casser quelque chose me donne un frisson nerveux. Je fais le tour de la terrasse jusqu'à la véranda, appuie mon front contre les carreaux incrustés de sel pour essayer de voir l'intérieur.

Je retourne vers les transats, m'approche d'une des portes-fenêtres fermées par des volets métalliques. A tout hasard, je glisse mes doigts dans les fentes. Le volet se déplace en grinçant sur le sol. Incrédule, je suspends mon geste, sentant une boule d'émotion grossir dans ma poitrine. Ce n'est pas la curiosité ni la peur de l'interdit : c'est le trac. Comme au théâtre, avant la représentation. Ce vieux trouble, cette sensation oubliée qui remonte des seuls moments de ma vie où je me suis senti utile, important, responsable.

Ma main se pose sur le bec de la porte-fenêtre, l'abaisse, lentement. Elle s'ouvre. Et je ne suis pas surpris.

Toujours ce sentiment d'être *attendu*, depuis que j'ai découvert des doigts de femme sur le rideau de la photo...

Je me glisse à l'intérieur, assailli par une odeur de plâtre humide et de feu éteint, referme derrière moi.

Il n'y a plus aucun bruit, hormis le sifflement du vent dans le conduit de la cheminée. Je cligne des yeux pour m'habituer à la pénombre. Et peu à peu les objets se détachent des murs, et les tableaux, et les lustres. Je suis dans un salon immense meublé d'antiquités. Les fauteuils, les buffets, les vases, les livres, tout a l'air à sa place, figé dans les toiles d'araignées. Rien n'est cassé ni en désordre, la poussière recouvre tout, lisse, étale, comme une couche de neige fraîche, comme la barbe sur un fruit. Une terrible impression de vie suspendue flotte autour de moi. Il n'y a ni housses, ni tapis roulés, ni protection d'aucune sorte contre le temps, les insectes ou le vol.

Il règne une fraîcheur incroyable dans le salon : au moins dix degrés de différence avec l'extérieur. Comme si, en entrant dans la maison, on changeait de saison tout en changeant d'époque.

A droite de l'horloge arrêtée, une carafe de whisky trône au milieu d'une console, entre deux verres en cristal. Sur une table, des cartes sont étalées en rangées de couleurs qui se chevauchent – une réussite en cours. Des bûches s'empilent dans l'âtre. Au centre du grand divan bleu, face à moi, les coussins sont creusés. Un journal jauni est tombé sur des pantoufles de femme.

Je recule lentement, heurte un guéridon, un vase tombe et se casse. Je me retourne. Le bruit a déchiré ma poitrine et je reste là, tétanisé, attendant que quelque chose se passe dans ce silence que je viens de briser. Le vent s'est tu dans la cheminée, et j'ai le sentiment que la maison retient son souffle. Puis un rayon de soleil se faufile par l'entrebâillement du volet et le salon paraît s'animer sous la poussière, les toiles d'araignées s'étirent. Mon regard revient sur les coussins bleus où la vie de la pièce paraît concentrée, et je les vois qui se défroissent, peu à peu. Comme si quelqu'un venait de se lever. Je me rue à l'extérieur, traverse la terrasse, dévale les marches du perron. Un coup de vent claque la porte-fenêtre derrière moi.

Je m'arrête sur le sable, me retourne. Le fracas des vagues emplit mes oreilles, et je ne sais plus ce que je ressens. Je n'ai plus peur. Illusion d'optique, effet du soleil sur le velours ou présence d'un esprit, je n'ai pas eu peur, d'ailleurs. C'était autre chose. Une prise de conscience. Et maintenant c'est de la honte. Je n'ai pas le droit de m'enfuir ainsi, je ne peux pas...

Je reviens sur mes pas, tiré par une force irrésistible. Mais cette force vient de moi. Je suis... je suis confus, c'est ça. Une réaction absurde, mais je n'y peux rien : je me sens *confus*, de tout mon être, à la fois coupable et victime d'un malentendu, empêtré dans des remords sans commune mesure.

Je rouvre la porte-fenêtre, entre sur la pointe des pieds. Je cherche autour de moi, j'avise une petite pelle en cuivre accrochée au montant de la cheminée, et je vais ramasser les débris du vase, que je dépose dans le seau à cendres.

*

Christina et les enfants sont revenus. J'étais près de la caravane et je les ai interrogés, avide d'entendre des voix, des phrases, n'importe quoi. Stéphanie a parlé de la ville. Il y avait des plages, des boutiques, des boîtes – c'était moins nase que prévu, a confirmé Jean-Paul. Ils semblaient prendre mon parti, face à la mine fermée de leur mère. J'essayais de paraître naturel, détaché, mais je voyais l'air hostile de Christina et je me sentais fautif sous son regard, comme si c'était son vase que j'avais cassé, ou plutôt comme si j'avais peur qu'elle ne l'apprenne et qu'elle n'aille le répéter – mais à qui ? Elle m'apparaissait soudain comme une moucharde, une ennemie en puissance qu'il fallait occuper, distraire. J'ai demandé très vite :

– Tu as rapporté quelque chose à manger ?

– J'ai réservé au restaurant, je suis revenue me changer et on repart. Je suppose que tu restes ici : tu as des surgelés dans le frigo.

Je ne l'avais jamais connue dans cet état. Le défi compulsif de l'obsessionnelle qui enfonce le doigt dans une prise électrique, pour voir si elle prendra le courant. Je la fascinais comme une prise, c'est ça. Domestique, banale, et que tout à coup on imaginait meurtrière.

J'ai dit :

– Allons-y, je vous invite.

Elle s'est cabrée :

– Ça serait un peu facile ! On se conduit comme un... comme un... Et puis on invite à dîner, hop, et on passe l'éponge, on n'en parle plus, c'est oublié ! Ne crois pas t'en tirer comme ça, Etienne !

Soudain elle m'a fatigué, je me suis senti absolument épuisé par cette femme qui avait trahi tous mes espoirs, éteint tous mes désirs et qui se croyait des droits. Je lui ai demandé, calmement :

– Tu arrêtes de me faire chier ?

J'ai vu qu'elle ne réagissait pas, qu'elle continuait sa diatribe. Je me suis rendu compte que j'avais marmonné pour moi-même. Elle est allée se changer. Jean-Paul a fait le tour du terrain sur sa moto, avant de l'attacher à la caravane avec son cadenas à code. Stéphanie se maquillait sous la tente. C'était la première fois qu'elle le faisait pour sortir avec nous.

Après quelques minutes, leur mère est descendue de la caravane, ridicule dans un chemisier de vacances qui représentait des fers à cheval. Elle est montée dans la voiture sans un mot, m'a laissé le volant. J'ai manœuvré en évitant de regarder la maison. Sur la route, nous avons croisé un convoi militaire, les phares allumés. J'ai suivi les camions dans le rétro. A l'intersection du grand cratère, j'ai vu qu'ils bifurquaient vers l'intérieur des terres, dans la direction opposée à celle de la maison, comme je l'avais demandé mentalement.

*

Je n'ai plus beaucoup de souvenirs de ce début de soirée. La ville était une rangée de blocs alignés le long des plages. Les baigneurs remontaient vers les hôtels, serviettes sur l'épaule, harassés, moroses, traînant des gosses, des seaux, des bouées. Les voitures roulaient au pas sur le front de mer, dodelinant sur les ralentisseurs. Des flics à jumelles vérifiaient les vignettes d'assurance et les ceintures de sécurité.

Christina a desserré les dents pour m'indiquer son restaurant, un truc à poissons prétentieux qui affichait ses critiques gastronomiques en plus gros que ses menus. J'ai fini par trouver une place de parking. Nous avions cinq minutes de retard : ils avaient disposé de notre table et ils étaient complets. J'ai proposé la pizzeria d'à côté, une terrasse à tee-shirts. Le gondolier de l'accueil nous a dirigés d'un coup de menton vers l'intérieur, une salle enfumée où la clim exténuée répartissait la chaleur du four à bois. Christina a fait une scène parce qu'on lui avait dit que l'huile pimentée n'était pas forte. A présent sa pizza était immangeable, et on refusait de la lui remplacer.

J'avais commandé du rosé de Venise, le plus cher de la carte, avec sur l'étiquette un carnaval funèbre. J'ai dit qu'après le repas, on irait en boîte avec les enfants. Ils sont restés bouche bée, tandis que leur mère s'étranglait avec sa pizza. Elle se forçait à la finir jusqu'au dernier piment, dans je ne sais quel esprit de revanche ou de sacrifice. Elle était très rouge et buvait beaucoup. Le rosé me montait à la tête. Je ne voulais pas me retrouver seul avec elle, j'étais bien avec les enfants, ce soir, proche d'eux sans qu'ils s'en doutent. Je macérais dans des pensées qu'ils ne pouvaient pas comprendre, dont ils se fichaient certainement, et pouvoir accrocher mes regards à leur indifférence me rassurait.

Je me sentais toujours coupable, pour le vase. C'était idiot, mais je n'y pouvais rien : j'avais l'impression d'avoir infligé une blessure, cassé bien plus que de la porcelaine. En même temps, cette hibernation que j'avais interrompue me donnait une sensation de puissance dont j'avais un peu honte. J'avais défloré cette maison. J'en éprouvais les sentiments qu'aurait pu m'inspirer une jeune fille : la fierté, l'exaltation, la peur des conséquences, et surtout la surprise de l'avoir trouvée vierge. Comment expliquer l'absence de pillage, de dégradation ? Toute la villa était-elle ainsi conservée ? Je brûlais d'y retourner, ce soir, tout de suite – et puis le vase brisé me revenait en mémoire comme un avertissement, une mise en garde.

J'ai payé l'addition que ma femme s'est mise à commenter d'un ton vengeur, en marchant sur le trottoir. J'avais voulu économiser en les faisant camper sur un terrain vague, disait-elle, et je dilapidais le budget vacances dès le premier soir dans une gargote à gogos : c'était tout moi. La nuit était tombée, des amoureux se croisaient au-dessus des plages, des grappes d'ados se formaient autour d'une guitare. Des relents d'huile et de graillon alourdissaient la chaleur qui montait du bitume. J'étais bien. Galvanisé par l'incompréhension agressive de cette femme que je n'aimais plus, même au passé, je me sentais libre.

Stéphanie, déjà informée par la rumeur locale, nous a emmenés dans une boîte qualifiée de « seule potable ». C'était un mélange de gothique et de western, avec des squelettes vêtus de mantilles, des selles indiennes sur les balustrades, des chapelets d'ail pendus au plafond et des serveurs à peintures de guerre costumés en vampires. Je me contorsionnais au rythme des rocks acides et du country latino que le DJ mixait sur ses platines. Stéph me coachait en se marrant, bouge tes bras, déhanche-toi, sautille moins, fais-moi tourner. J'imitais les mouvements des types autour. Lorsqu'ils me bousculaient, je souriais pour m'excuser. Je tapais dans mes mains, je claquais des doigts, je ruisselais dans mon polo, je me sentais grotesque et j'aimais ça.

– T'es grave, se réjouissait ma fille.

Son corps ondulait dans le stretch moulant. Depuis longtemps nous étions des étrangers l'un pour l'autre, mais ce soir nous nous étonnions. Je cessais d'être un cliché dans ses yeux, et je ne la regardais plus comme une gamine déguisée en femme. Le vacarme et les spots installaient entre nous une complicité nouvelle. A l'autre bout de la piste, dans l'alcôve du bar, Jean-Paul draguait consciencieusement une bimbo déjantée en faisant la gueule pour paraître plus vieux – la technique que j'employais moi-même jadis, et qui avait fini par réussir à tous points de vue : aujourd'hui je faisais mon âge et je n'avais plus à me forcer pour être morose.

Assise contre un pilier, les coudes sur la table, Christina tortillait les tickets de consommation. Habituée à capitaliser les griefs, elle se préparait une migraine à coups de rhum-orange, pour nous faire payer demain matin la bonne soirée qu'on passait malgré elle.

Au début d'un slow, j'ai senti tout à coup une main

peser sur mon épaule. Je me suis retourné et j'ai vu un piercé en jean, allumette aux lèvres, qui m'a fait :

– Tu permets ?

Il m'a écarté, a craché son allumette et s'est collé contre Stéphanie. J'ai perçu dans l'œil de ma fille un signal de détresse, et aussitôt j'ai posé la main sur l'épaule du piercé.

– Non. Je ne permets pas.

Il m'a dévisagé avec une grimace d'ironie, la supériorité naturelle de celui qui a la moitié de mon âge.

– Tu cherches les embrouilles, papy ?

J'ai vu Christina se dresser d'un bond derrière son pilier. Elle allait crier « Etienne ! », comme on siffle un chien qui montre les dents. J'ai imaginé le ricanement du jeune, et l'air déçu de Stéphanie, et la dérision dans le regard des inconnus. Alors, brûlant les étapes, j'ai envoyé un coup de boule. Le piercé est parti en arrière dans les cris d'un couple qui s'est brusquement écarté.

La musique continuait, dans le clignotement des spots. J'ai senti les ongles de Stéphanie s'enfoncer dans mon bras. L'autre s'est relevé, lentement, les doigts sur le front. Il a remué sa mâchoire, s'est ramassé sur lui-même en me regardant. Le cercle s'était élargi, autour de nous, seules deux filles enlacées continuaient de danser. Un type de la discothèque est arrivé aux nouvelles, deux cuirs à casquette l'ont arrêté. Je n'avais pas peur, je faisais face et j'attendais. Je venais de comprendre ma réaction, le sens de mon geste. Le piercé a pincé le nez, puis s'est jeté soudain sur moi. Le premier coup m'a plié en deux, le second m'a cueilli sous le menton et je me suis effondré dans un craquement de bois.

J'ai sauté sur mes pieds, aussitôt. L'arcade sourcilière en sang, je balançais mes poings à l'aveuglette. Chaque douleur, chaque coup m'arrachait à ma vie sans histoires, à mes résignations, mes faux-fuyants. Je voulais frapper, je voulais faire mal, réparer le vase en cassant le reste. Je me jetais à corps perdu dans la violence, l'inconnu, l'irrationnel. J'avais trouvé un prétexte.

On m'a tiré en arrière, tout à coup. Une masse m'a renversé, a roulé sur moi. Je ne pouvais plus respirer. J'essayais de plier les genoux sous le corps qui m'écrasait. Des bruits confus, des appels, le son du slow toujours plus fort... D'une détente des jambes, j'ai repoussé le type. Un autre m'a relevé, maintenu pendant que les poings s'abattaient sur mes côtes. Puis il y a eu des sifflets, une galopade, le silence.

*

Quand je suis revenu à moi, Christina conduisait la voiture. J'étais assis derrière, j'avais des pansements sur le visage. Stéphanie me serrait le poignet.

– Sept cents euros de dégâts ! Et encore heureux que la police ne l'ait pas embarqué ! Il est devenu fou, complètement fou !

– Ecoute, maman, il a voulu me défendre, c'est tout...

– Toi, tu ferais mieux de te taire ! A cause de qui on s'est retrouvés dans cette boîte, hein ?

J'ai voulu lui crier de nous foutre la paix, et puis j'avais la tête trop vide, et puis je me suis dit que ça n'avait pas d'importance.

On m'a aidé à monter dans la caravane, à me déshabiller, à m'allonger sur la couchette. Les voix se sont éloignées. J'ai passé le reste de la nuit à casser des vases et à me réveiller confus. Sur le matin, mon sommeil s'est calmé. Chaque instant se répétait, du volet grinçant au fracas de la porcelaine, mais sans à-coups. Je revivais mon entrée dans la maison comme on revoit un film, découvrant de nouveaux détails à chaque fois. J'entendais les bruits du petit-déjeuner autour de moi et je ne pouvais m'arracher à mon rêve, j'étais pris dans les toiles d'araignées qui s'étiraient, se rétractaient, comme une respiration...

– Tu vas dormir jusqu'à demain, ou quoi ?

La voix de Christina brouillait le décor, déchirait les toiles. Je sentais ma tête contre la cloison, la couverture froissée sous mes jambes ; je ne voulais pas revenir, je voulais rester dans la maison, attendre le retour de la jeune femme qui avait écarté le rideau sur la photo pour me guetter, qui allait glisser ses pieds nus dans ses pantoufles et ramasser son journal, puis s'asseoir devant les cartes alignées sur la table de bridge et terminer sa réussite...

– Il est onze heures et demie, papa...

J'ai ouvert les paupières.

– Ah, tout de même ! a lancé Christina.

Le jour de la caravane me brûlait, j'ai cligné des yeux. J'ai vu le visage inquiet de Stéphanie, penchée au-dessus de ma couchette, et j'ai voulu sourire. La mâchoire m'a fait mal. Je me suis assis, perclus de douleur. Ma fille a déposé le plateau sur mes genoux.

– Tu as été géant, tu sais. Tu veux qu'on appelle un médecin ?

– Non merci, je me sens très bien.

– Tu es sûr ?

J'ai acquiescé, dans la fumée de ma tasse. Je la trouvais jolie. Un peu garçonne, un peu cheftaine, mais plus jolie qu'avant. Peut-être parce que je m'étais battu pour elle.

– Moi, en tout cas, j'y vais, a lancé Christina en fermant son sac de plage.

Stéphanie et Jean-Paul se sont tournés vers elle, dans un élan de reproche. Elle s'est justifiée, sur le ton agressif de l'innocent qu'on accuse :

– S'il croit que je vais me laisser gâcher les vacances, il se trompe ! Il ne fiche rien de toute l'année, et moi les quinze malheureux jours où je peux enfin me détendre...

L'absence d'écho a stoppé sa phrase. J'ai vu des larmes dans les yeux de ma femme et j'ai reposé ma tasse. J'ai dit aux enfants :

– Partez devant avec la moto, on vous rejoint.

Ils ont quitté la caravane, aussi impressionnés par mon autorité que par ma volonté de conciliation. Je me suis mis debout, en essayant d'ignorer les courbatures.

– Je suis désolé pour hier soir, Christina. Je ne sais pas ce qui m'a pris.

– Je m'en fous. On en parlera au retour : là, je ne t'adresse plus la parole, je suis en vacances. Tu entends ? EN VACANCES !

J'ai hoché la tête, et je me suis tu. J'ai fini mon café, enfilé maillot, short et chemisette. Je donnais l'air d'être rentré dans l'ordre, comme avant, mais je savais que ce n'était pas ça. Tout ce qui m'importait était de restaurer l'harmonie autour de moi, pour être tranquille. Même si cette harmonie était un statu quo, un report de griefs, un éclat différé. Ma docilité n'était plus que du calcul. Là, je suivais Christina sur les plages parce que ça m'arrangeait, parce que je ne voulais pas rester ici, tout seul – pas encore.

En sortant de la caravane, j'ai évité de regarder la maison.

*

La ville était blanche, bondée, bruyante. J'ai vu la moto des enfants attachée au poteau *Baignade publique*, un bref triangle de sable sans matelas donnant sur la sortie du port. Christina m'a fait passer le long de la mer, trois fois, jusqu'à ce qu'elle ait repéré la plage la plus « courue ». Trente euros le parasol, qu'elle s'est empressée de fermer. Je lui ai proposé de la tartiner. Sans un mot, elle s'est tournée et a offert son dos à la crème solaire.

Mes scrupules me faisaient sourire, à présent. En somme j'avais voulu la maison, et maintenant que je l'avais, je faisais durer le désir. Ma peur de détruire, c'était ça : la peur d'aller trop vite, de négliger l'attente et les préliminaires, de passer à côté d'une sensation... Et puis la présence de Christina me retenait ; il fallait d'abord que je *l'installe*, que je m'assure de son emploi du temps pour ne pas l'avoir dans les pattes – je venais de lui louer un matelas à la semaine et, la connaissant, elle aurait à cœur de l'amortir. Cela dit, elle avait perdu beaucoup de sa présence, depuis les coups de poing d'hier soir. J'y songeais en enduisant de protection anti-oxydante ce corps trop maigre qui ne me rappelait presque rien. Je ne voulais plus me souvenir. Le présent me réclamait.

J'ai rebouché l'écran solaire, ôté ma chemise et je me suis couché sur le matelas. Demain, j'aurais l'alibi d'un coup de soleil : je la laisserais aller à la plage sans moi, et je ferais connaissance avec la maison.

*

Jour après jour, elle m'apprivoisait. Elle commençait à me faire confiance, me laissait aller un peu plus loin à chaque fois. Je n'avais plus de réticences, j'écoutais mes envies, mon intuition, je prenais des libertés. J'avais remis l'horloge en marche, et c'était comme une respiration artificielle : la vie revenait dans la maison. J'essayais les fauteuils, je faisais du feu dans les cheminées pour enlever l'humidité, j'explorais les étages. Je découvrais les pièces, les unes après les autres, j'en gardais pour les jours suivants, je dosais mon plaisir.

La cuisine, à l'arrière, baignait dans le clair-obscur des feuillages obstruant la porte-fenêtre. Il y avait des casseroles sur les fourneaux, le couvert mis pour deux sur la table : argenterie, cristal et serviettes aux plis jaunis, comme si l'on attendait quelqu'un depuis très longtemps. Au mur, un calendrier des Postes représentait la moisson dans un champ de blé. 1945. L'année du journal sur les pantoufles, au salon.

C'était partout la même poussière, dans laquelle je reconnaissais mes traces, à présent, et je n'étais plus l'intrus du premier jour ; je me sentais familier. Accueilli dans ce silence de courants d'air et de craquements, intégré à ce temps suspendu qui figeait une journée d'attente – les casseroles, les couverts, la réussite en cours... Tous les lits étaient faits, et les cheminées garnies. Les bûches tombaient en poudre blanche quand on les remuait, les draps étaient craquants, moisis par endroits.

Une découverte m'avait laissé une émotion tenace : la chambre mauve du premier, celle où les doigts de femme écartaient le rideau sur ma photo d'agence, était la seule dont le lit était ouvert. Sur le drap du dessous, il y avait une fine couche de cendres, uniformément répartie. Sans doute avait-on chauffé le matelas avec une bassinoire de braises à demi éteintes... Le rideau pendait, en face, figé dans ses fronces.

Mes tâtonnements, mes déductions redonnaient son âme au décor. J'avais l'impression de tirer du sommeil, de l'oubli, les fauteuils dans lesquels je m'enfonçais, les sentiments qu'on y avait éprouvés – c'était une sensation très douce, et je passais mes journées à aller d'un siège à l'autre, à marquer mon territoire, me mettre dans la peau de l'habitant, interroger les murs pour réactiver leur mémoire.

L'oubli... Cette maison respirait l'oubli, c'est vrai, mais pas l'absence. Elle avait ses empreintes. Elle vivait d'une présence que je suivais à la trace de pièce en pièce, que je reconnaissais dans les vêtements, la disposition des bibelots, la manière de plier le linge, d'aligner les flacons, de ranger les chaises à l'aplomb des tables, de fermer les rideaux aux trois quarts... Aucune chambre ne se ressemblait, comme si chacune reprenait un des styles de la façade, mais c'était la même présence, la même personnalité que je retrouvais d'une pièce à l'autre. C'était la maison d'une femme. D'une femme seule. Nulle part je ne voyais trace d'un homme.

Il y avait des robes dans les armoires, plus ou moins mitées, mais d'un style intemporel. Toutes de la même couleur, du même tissu, de la même taille. Au fond d'un grenier, j'avais découvert le rouleau de soie bleue dans lequel on les avait coupées. Une manche était encore engagée sous l'aiguille de la vieille machine à coudre.

Dans le placard d'une chambre Louis XIII, j'avais trouvé une jupe, et la blouse assortie dans le tiroir d'une commode à l'étage au-dessus. A croire que la même personne avait habité toutes les pièces, au hasard, au gré de ses humeurs ou bien par délicatesse, pour ne pas faire de jalouses. Je connaissais. Après le départ de maman, quand mon père avait décidé de vendre la fermette où il ne supportait plus son absence, j'avais pareillement agi, les dernières semaines, pour m'imprégner des quatre chambres et du living, pour les écouter me raconter une dernière fois mon enfance, leur dire adieu avant le déménagement. L'idée que la femme chez qui je me trouvais s'était comportée comme moi créait, au-delà des points communs, une intimité qui exaltait ma solitude.

Chaque objet, chaque habitude, chaque manie m'aidait à cerner son caractère. La négligence, la distraction, et puis brusquement un soin minutieux accordé à un détail futile : des serviettes multicolores rangées dans l'ordre de l'arc-en-ciel, ou le doigt d'une armure levé dans un geste obscène pour maintenir un cadre de travers. Le tableau représentait une plaine où sinuait un ruisseau, et on aurait dit que la maîtresse de maison l'inclinait pour l'aider à couler mieux.

Dans la bibliothèque, une pièce en lambris sombres au sommet d'une tour, s'alignaient des centaines de reliures abîmées. Six livres portaient sur la tranche une étiquette de pot de confiture, où une écriture enfantine avait marqué : « Joli », « Génial », « Compliqué », « Drôle », « Triste », « Encore plus triste ».

Une nostalgie traînait partout, qui me serrait le cœur dans certaines pièces. Il y avait un couloir, notamment, voûté, lézardé entre des photos de famille à demi effacées, où à chaque fois la tristesse m'arrêtait. Un rocking-chair occupait une alcôve, et le tapis était usé par le frottement : mon hôtesse avait dû passer des heures ici à se balancer face à la perspective des ancêtres – enfants en noir et blanc, veuves et soldats sépia... Un fragment de soie bleue était pris dans un accroc du cannage. Alors je me balançais comme elle, et j'essayais de la comprendre, de m'identifier, de déduire son destin de nos ressemblances. Etait-elle morte ou bien expropriée, squatteuse, cachée dans un recoin de la maison d'où elle m'observait ? A tant l'imaginer pareille à moi, remuant des nostalgies dans une rêverie statique, j'avais la conviction que ma présence réanimait la sienne.

Je ne savais quel âge elle avait aujourd'hui, mais je sentais sa jeunesse dans chaque détail. Sur toutes les tablettes des salles de bains, il y avait des produits de beauté de la même marque. De vieux flacons éventés aux étiquettes fleuries, avec des niveaux différents. Je l'imaginais dans les miroirs, utilisant les crèmes périmées qui lui tombaient sous la main, pour le simple plaisir de caresser sa peau ou d'occuper l'espace. Le seul produit contemporain, d'après le conditionnement, était le vernis à ongles mauve, dans le cabinet de toilette jouxtant la chambre au lit défait.

J'avais trouvé des cheveux blonds dans les brosses, sur chaque coiffeuse, les mêmes, longs et soyeux, et lorsque le matin j'entrais dans la maison je commençais à éprouver un trouble des plus précis. Le désir qui précède un rendez-vous.

Je me disais qu'elle avait les yeux bleus, de la couleur du tissu, je connaissais sa taille, je devinais ses goûts, mais ses vêtements ne sentaient que l'armoire et les crèmes de beauté avaient perdu leur parfum. Son odeur était la seule chose qui me manquait, et je m'épuisais à la traquer partout, dans les draps, les serviettes de bain, les brosses, les rideaux, les coussins – comme la dernière pièce d'un puzzle.

*

Je ne voyais plus Christina que le soir, dans la caravane. Elle rapportait des plats de traiteur qu'elle mangeait en regardant la télé, à même la barquette. Les enfants respectaient mon silence. Ils rentraient à point d'heure avec la moto, filaient directement sous la tente. Le jour, ils menaient leur vie. Christina bronzait. Il faisait beau. J'avais mis les choses au point et ils me laissaient en paix. Je leur disais que je restais ici à cause de la foule, que je ne supportais plus le contact humain. Jean-Paul me regardait avec respect, comme si je traversais une crise d'adolescence. Stéphanie m'embrassait en me serrant le bras, quand on se croisait. Elle devait croire que j'avais peur de tomber sur le type de la discothèque, et son geste me disait qu'elle était désolée, qu'elle me comprenait, que je restais son héros.

Christina m'ignorait méthodiquement, mais je la sentais dévorée d'angoisse à la pensée de ce mari qui était sorti de ses rails, et je supposais qu'en rissolant sur son matelas elle s'épuisait à définir une stratégie, une ligne de conduite pour le retour à la teinturerie, en présence de mon père. Dissimulation, indifférence, hostilité, conciliation ? Elle ne me parlait plus mais elle me remplissait le frigo, et je suivais les fluctuations de son débat de conscience à travers les denrées qu'elle m'achetait. La salade de thon était un signe d'apaisement, le jambon sous vide un indice de tension, le Slim-Fast une menace de conflit. Le réfrigérateur était devenu le seul lien entre nous, mais comme je mourais de faim quand je l'ouvrais, je n'avais pas le loisir de me prendre la tête. Je me préparais un plateau, et je quittais aussitôt la caravane en emportant mon déjeuner, que je mangeais à la cuisine dans les assiettes en porcelaine de Sèvres disposées en tête-à-tête. Il n'y avait plus ni gaz ni électricité, mais l'eau n'était pas coupée. Sans doute un puits. Je faisais ma petite vaisselle, en pensant à Christina qui serait tombée à la renverse en me voyant régner sur une cuisine. Christina n'existait plus que dans un coin de mon esprit, un coin-repas, quelques minutes par jour.

Vers sept heures du soir, elle revenait avec la voiture et je l'attendais dehors, pour éviter qu'elle me surprenne, qu'elle empiète sur mes émotions, sur le territoire de Marine. *Villa Marine*, c'était le nom de la maison, je l'avais découvert sur un pilier, à demi caché par le lierre. Alors j'appelais Marine la blonde que j'imaginais d'une pièce à l'autre, que j'effleurais sur ses brosses, que je caressais dans ses robes, que j'embrassais au creux de ses oreillers. Plus j'y projetais son image et plus la maison m'attirait, s'accrochait à moi, semblait-il, rechignait à me laisser partir le soir et attendait mon retour.

Un matin, dans la penderie de la chambre mauve, la robe sur le cintre m'a paru plus claire que la veille. Pourtant il ne faisait pas plus beau, la lumière n'était pas plus forte. Le tissu était délavé comme par une longue exposition au soleil, comme le rouleau de soie au grenier sous le jour des lucarnes. Je me suis dit que je confondais avec une autre robe dans une autre chambre, il y avait tant d'armoires... Je n'ai plus songé à ce détail. Mais, le lendemain, dans la chambre de la tour carrée, j'ai découvert un soutien-gorge pendu à la clé d'une commode. Il était impossible que je ne l'aie pas remarqué, j'étais venu au moins dix fois dans cette pièce... C'était un modèle récent, 85 B, couleur chair. Je l'ai pris dans mes mains, lentement, l'ai approché de mon visage. Il sentait l'odeur de la maison, le feu de bois et les plâtres humides, la mer et la résine, mêlée à un parfum de citronnelle encore frais, encore chaud. J'ai laissé échapper un cri de triomphe. Le nez dans le tissu, je me répétais : Marine est ici. Marine existe.

*

Toute la journée, j'ai fouillé la maison à la recherche d'un autre indice, d'un autre signe de vie. J'avais la conviction que ce soutien-gorge placé en évidence était une sorte de clin d'œil. Et tout ce que j'avais ressenti précédemment m'apparaissait sous un jour nouveau : cette impression d'être accueilli en intrus, rejeté, puis accepté peu à peu, comme si la présence que je traquais m'avait épié... Je m'en voulais d'avoir utilisé les couverts de la cuisine, de m'être assis partout. Je cherchais des traces et je ne trouvais que les miennes. Avait-elle passé la nuit ici ? Je reniflais tous les draps : rien. Les serviettes de bain étaient toujours aussi sèches, les chandelles n'avaient pas coulé. Sur la table de bridge, la réussite était toujours au même point.

Je me suis laissé tomber sur les coussins creusés du divan bleu. Les yeux fermés, je respirais à perdre haleine le soutien-gorge pour que l'odeur amène des images dans ma tête. Et je sentais de plus en plus fort cette présence tout autour, cette présence sans prise qui semblait rire de moi. Oui, c'était ça : après avoir perçu tour à tour le rejet, la méfiance puis l'hospitalité, à présent j'essuyais la moquerie. Si je n'avais trouvé aucune trace, c'est qu'elle se cachait. Elle jouait avec moi. Comme elle jouait avec sa maison : les serviettes arc-en-ciel, le doigt de l'armure, les vêtements dispersés... Je devais déchiffrer les indices, suivre la piste, me laisser guider, attendre... Elle m'avait déposé ce soutien-gorge pour me faire jouer avec le feu, c'est ça, comme on dit « Tu brûles » dans les jeux de cache-cache. Alors je n'avais qu'à donner corps à son odeur, imaginer ses seins, en déduire ses hanches, ses fesses, son visage, et ensuite elle viendrait se couler dans le moule que j'aurais façonné.

Renversé en arrière, les paupières closes et la main lente, je faisais l'amour par contumace, comme avec l'image de Christina dans sa robe de *La Mouette* – sauf que là je ne revenais pas en arrière, je me projetais en avant, et c'est l'excitation qui assemblait les images, pas la mémoire ni les efforts de surimpression. Je ne reconstituais pas, je créais. Je donnais chair à l'objet de mon désir. Je laissais parler l'intuition, la maison, le parfum. Une blondeur floue dans un mouvement d'algues, une bouche rieuse et des yeux graves... Un regard bleu cendré. Un menton volontaire et des épaules soumises, un corps souple et cambré, une force rebelle et douce au début des caresses, puis une prise de pouvoir soudaine dans le plaisir, une passion déchaînée, une violence aveugle... Son visage se modifie, ses cheveux sont tailladés, ses joues zébrées de cicatrices, son regard s'emplit de larmes de haine, elle crie dans ma voix tandis qu'on jouit avec une rage, une colère, une ivresse de vengeance... Puis un désespoir total dans la tension qui retombe.

Je rouvre les yeux, hagard, pantelant en travers du divan. Je suis dévasté. Autant par la force d'amour qui a jailli de moi que par la détresse qu'elle me laisse.

Comme si j'avais intégré ses pensées à mesure que je lui créais un corps.

Je suis resté longtemps immobile, cherchant à reperdre mes esprits bien plus qu'à les reprendre, mais la maison autour de moi était redevenue normale, banale, sans vie. Abîmé dans l'écoute du silence, j'avais oublié l'heure, et ce sont les cris des enfants qui m'ont arraché à la fascination. J'ai enfoui le soutien-gorge dans une potiche, sur le buffet près de la cheminée, et je suis parti très vite avant qu'ils n'entrent ici, avant qu'ils ne me surprennent.

Mais ce n'était pas moi qu'ils cherchaient. Ils étaient près de la caravane, battaient les buissons, fouillaient les bosquets, lançaient des insultes et des menaces.

Leur tente était entièrement lacérée.

*

Lorsque Christina est arrivée dans la Volvo, je me suis fait traiter d'assassin. Un pays de malades, une tente toute neuve, et si les enfants avaient été dedans, etc. Romantique, Stéphanie pensait que c'était le dragueur de la discothèque qui était venu se venger. Jean-Paul inspectait ses affaires, tout était là. Christina me pressait de questions, je n'avais rien vu.

– Mais enfin, où tu passes tes journées ?

J'ai eu un sourire. Calmement, j'ai dit que nous ne pouvions pas dormir à quatre dans la caravane, et qu'alors nous allions la laisser aux enfants et coucher dans la maison.

– Dans quoi ?

J'ai expliqué, sommairement, que la villa – le mot résonnait moins, faisait plus anonyme, protégeait notre intimité – était abandonnée, mais en parfait état, et que j'y avais fait un peu de ménage. Christina me regardait avec des yeux ronds. Elle n'était pas de ces femmes qui remplissent des questionnaires dans les magazines pour connaître la psychologie de leur conjoint ; ma conduite absurde n'avait même pas l'excuse de lui fournir un symptôme. Elle a répliqué, sarcastique :

– Alors à la teinturerie, quand je te demande de changer une ampoule, c'est la croix et la bannière, et ici, dans une baraque à l'abandon, tu t'amuses à faire le ménage.

Elle a tourné son air railleur vers les enfants, s'est heurtée à un mur.

– Tu trouves que c'est le moment de vous engueuler ? lui a dit Stéphanie.

– Ah bon, très bien, alors tout le monde est contre moi, c'est ça ?

– Ecoute, Christina, moi je couche là-bas. Maintenant, si tu préfères dormir sur le sable et te faire éventrer par des vandales...

La situation est revenue d'un coup dans son esprit,

au-delà de nos tensions. Elle a regardé la tente lacérée, les enfants, la caravane.

– On va à l'hôtel, a-t-elle décidé en reprenant son sac de plage.

Cette solution à laquelle je n'avais pas songé m'a paru lumineuse. Je lui ai dit c'est ça, voilà, hop, allez à l'hôtel. Mais Stéphanie a saisi mon bras et s'est plantée devant elle.

– Moi, je reste ici avec papa.

– Moi aussi, a lancé Jean-Paul, solidaire.

L'indignation pointait dans leurs voix. Ma fille me sentait en danger par sa faute, mon fils m'imaginait en proie à la neurasthénie dans une masure en ruine.

– Très bien, a dit Christina. Puisque rien ne me sera épargné...

Son ton de sacrifice jurait avec la perfection de son bronzage. J'avais beau savoir qu'elle enrichissait à plaisir son capital griefs, je me suis senti un peu coupable de la glisser à son insu dans mon fantasme.

*

Après le dîner, les enfants se sont enfermés dans la caravane avec la moto.

– Et demain, vous irez porter plainte, a dit leur mère

en nous englobant dans un geste circulaire. Moi je ne m'occupe pas de vos histoires.

Les sacs de couchage roulés sous son bras, elle est partie au pas de charge. Je l'ai suivie. Tout à l'heure, en partageant sa salade de fruits de mer, je m'étais demandé pourquoi j'avais eu brusquement envie de l'emmener dans la maison. Je commençais à comprendre. Je me disais que c'était Marine qui avait tailladé la tente, afin de me fournir un prétexte pour passer la nuit chez elle, et je trouvais que c'était trop tôt. Je voulais la surprendre, moi aussi, la dérouter, la faire attendre. Elle m'avait invité d'une façon très cavalière ; il fallait que je fasse des manières. Et puis je voulais éprouver sa présence à travers Christina. Voir si ma femme, avec son instinct de gérante et sa jalousie machinale, décelait une rivale entre ces murs. Je prenais des risques, mais je savais que le charme ne risquait pas de se rompre : Christina m'était devenue si étrangère que ses commentaires n'abîmeraient rien. Mon lien était trop étroit avec la maison, désormais, pour qu'un tiers puisse le dénouer.

– Quel goût, a-t-elle jeté en traversant le salon.

Pas un mot sur la conservation miraculeuse de l'intérieur, sur l'absence de dégradation et de pillage. Elle fonçait droit vers l'escalier, pinçant le nez au milieu de ce qu'elle appelait des vieilleries. Chez nous, tout était zen suédois, teck métal et « créateurs contemporains », comme elle disait pour justifier l'inconfort des sièges. Je trouvais la maison plus belle, plus secrète, rendue plus attirante encore par cette intruse qui déboulait dans ma vie parallèle en toute ignorance. Je me sentais complice avec Marine, et j'ai compris que je jouais, moi aussi. Christina était comme une offrande, un leurre.

– Je suppose qu'il n'y a pas d'électricité.

Elle s'est arrêtée devant le chandelier à côté duquel j'avais laissé mon briquet. J'ai allumé les trois bougies, puis je suis retourné vers le renard empaillé à côté de l'horloge. La veille, j'avais découvert entre ses dents une clé qui fermait la porte-fenêtre. L'idée que la maison ne se protégeait que *de l'intérieur*, quand elle était habitée, m'avait donné un frisson d'excitation. Christina m'a regardé tourner la clé deux fois, et la laisser en biais dans la serrure, comme un rituel quotidien.

– Je m'en souviendrai, de ces vacances !

Elle montait les marches devant moi, à la lueur du chandelier. J'ai pensé que non, justement, elle ne se souviendrait de rien. Elle aurait pris des couleurs, c'est tout, et redeviendrait blanche au bout de quinze jours, jusqu'à l'année prochaine. Elle n'oublierait même pas : elle pèlerait. Ma conduite et ses rancunes tomberaient au fil des jours ouvrables comme des peaux mortes ; la clientèle, notre image de famille modèle et les soucis de comptabilité se chargeraient de dissoudre mes incartades. Etienne nous a offert des vacances très originales, l'ambiance était inouïe, tout à fait dépaysante et la tache de cambouis est partie sur votre tailleur-pantalon, au plaisir madame Garnier.

Mais moi, j'essayais de m'imaginer à la teinturerie, en train de me rappeler ces instants, et je n'y arrivais pas. Je refusais de les conjuguer à l'imparfait. J'avais passé une bonne partie de mon existence à revenir en arrière pour lutter contre le temps, et maintenant je voulais aller de l'avant, me livrer tout entier à l'urgence du présent, sans mesure, sans limite, sans perspective de retour. La scène de théâtre désaffectée où j'avais logé mes rêves n'était plus qu'un musée des regrets. La vraie vie m'appelait ici : l'inconnu, le défi d'un rôle à créer, la mise en scène d'une histoire d'amour avec une partenaire toute neuve...

Christina a ouvert une porte, au hasard. C'était la chambre à part. Je l'avais appelée ainsi parce qu'elle était meublée de deux lits jumeaux, dont l'un était affaissé et l'autre en parfait état. Il y avait un climat de bouderie, de rage étouffée dans cette pièce sans placard, sans vêtements, comme si elle avait servi de repli pendant les crises d'un couple. J'ai trouvé drôle que Christina la choisisse. Un clin d'œil de plus, un signe après tant d'autres. Déjà elle faisait voler les couvertures, les draps, avec un sans-gêne qui aurait dû me révolter. Elle tapait les matelas, installait les sacs de couchage, repoussait du pied avec mépris le linge moisi.

– Qu'on n'attrape pas des maladies, en plus...

Je suis allé ouvrir la fenêtre. On voyait un bout de

lune entre les branches, et la mer ondulait derrière les pins morts. J'ai fermé les volets. Christina s'était enfilée sans un mot dans son sac de couchage, tout habillée. Deux somnifères, et un coup de fesses pour me tourner le dos. Je la regardais, adossé à la croisée. A part sa critique sur l'ameublement, elle n'avait fait aucun commentaire. Elle ne posait pas de questions sur ce qui m'attirait dans cette maison. Elle ne sentait pas la femme. Ou alors, comme pour les cheveux étrangers dans la voiture et les chambres d'hôtel sur mes relevés de carte bancaire, trois ou quatre fois par an, elle feignait de ne rien remarquer. Elle prenait sur elle. Laissait faire le temps. Passait mes incartades en pertes et profits.

J'ai soufflé les bougies et je me suis couché à mon tour. Elle avait choisi le lit affaissé. Je l'ai écoutée respirer, longtemps, pour être sûr de son sommeil. Puis je me suis dit que la voie était libre. J'ai fermé les paupières, pour me livrer à la chambre, aux rêves dans lesquels elle m'entraînerait. Mais presque aussitôt un malaise m'a noué la gorge. C'était comme si l'obscurité ne voulait pas de moi. J'ai rouvert les yeux. Les rais de lune bougeaient entre les lames des volets disjoints. Quelque chose me tenait éveillé, me défendait le repos, l'inattention. Christina dormait à poings fermés, et j'avais l'impression qu'on me tendait la main. Les ombres agitées par le vent dans les feuillages se projetaient sur la porte, l'image de Marine dansait dans la poussière de lune.

Je me suis levé, doucement, en retenant mon souffle. Debout sur le parquet au milieu des draps jetés en boule par ma femme, je n'ai plus rien senti. J'ai attendu, immobile, aux aguets. Puis l'appel s'est manifesté à nouveau, mais il ne venait plus de la chambre, il avait reculé. Des craquements émiettaient le silence, dans le couloir. Je suis sorti sans bruit et j'ai marché lentement vers la tour d'angle, essayant de m'abandonner, de ne plus contrôler mes pas, de me laisser guider... J'avançais, poussé par un charme, une sérénité qui me donnait des ailes, la sensation de m'envoûter moi-même. J'avançais avec confiance dans la pénombre et je ne me cognais pas.

Soudain, devant moi, un panneau s'est ouvert dans les boiseries. Un homme a surgi, avec une lampe de poche et un sac. Il a tressailli, lâché le sac, braqué la lampe sur moi, puis sur lui. Un visage hirsute mangé par la barbe, des yeux globuleux, une grimace de sourire que l'éclairage en contrebas rendait grotesque. Il a mis un doigt sur ses lèvres. Il a touché sa casquette, refermé le panneau, abaissé la lampe, et s'est éloigné dans le couloir.

J'étais paralysé, la bouche ouverte. Sa silhouette oscillait dans le faisceau lumineux qu'il laissait derrière lui comme un sillage. Il était contrefait, la tête inclinée vers la gauche, boitait de la jambe droite. Il a tourné le coin de l'escalier, saisi la rampe pour descendre. Sa lampe s'est éteinte. Alors je me suis précipité, comme si l'obscurité allait le faire disparaître. Mon pied s'est pris dans un tapis, je suis parti en avant, ma tête a heurté le sol.

Je me suis relevé, à tâtons. Quand je suis arrivé en bas, la porte-fenêtre que j'avais fermée tout à l'heure était entrebâillée, et la clé à nouveau entre les dents du renard. Je suis tombé dans un fauteuil, le crâne en feu. Je tremblais de rage. Je ne me demandais pas qui était ce type, ce qu'il voulait, je ne cherchais pas à comprendre son attitude, une seule chose m'obsédait : il était venu *de l'intérieur*. Il connaissait la maison mieux que moi, ses cachettes, ses secrets, ses passages dérobés... Je me sentais doublé, dépossédé. Partout où je fouillais la pénombre, je voyais l'inconnu s'éloigner au bout de sa traîne de lumière. Je le voyais répéter mes gestes, arpenter les chambres, sentir les robes, essayer les fauteuils, traquer la présence de Marine... Et puis planter son couteau dans la tente des enfants. Mes doigts se serraient sur l'accoudoir. Le sang cognait dans ma tête, l'angoisse et la colère me tordaient le ventre.

Soudain je me suis dit qu'en souffrant je faisais mal à la maison. J'empoisonnais tout ce que j'y avais ressenti, je cassais le charme, je perdais l'image de Marine. J'ai fermé la porte-fenêtre et je suis remonté.

Dans le couloir, j'ai ramassé le sac que l'homme avait laissé tomber. C'était un sac de poussière – comme s'il venait de vider un aspirateur. Je l'ai imaginé passant d'une pièce à l'autre et répandant, avec le geste du semeur, des poignées de poussière pour recouvrir les traces de Marine, pour me cacher sa présence...

J'ai essayé de trouver l'ouverture du panneau dans les boiseries. J'ai renoncé, regagné la chambre à part. Je voulais ne plus penser, effacer le barbu de ma tête. J'ai sombré dans un sommeil noir, qui m'a laissé au matin la gorge sèche et un goût de cendres.

Le soleil inondait la pièce. Christina parlait dans son portable, demandait aux enfants si tout allait bien. D'après ce que j'entendais de ses réactions, ils étaient déjà partis à moto pour se baigner.

Sans échanger un mot, nous sommes allés faire notre toilette dans la caravane. Le gant sur la figure, brusquement, j'ai repensé au soutien-gorge. Un élan de panique m'a ramené à la maison. C'était plus qu'une crainte : une intuition, presque une certitude, et lorsque sur le buffet j'ai trouvé la potiche vide, je me suis mis à fouiller partout, comme un fou, sans égard pour les armoires, les placards, les tiroirs...

Le soutien-gorge était pendu à la crémone de la bibliothèque. Je suis tombé assis, le serrant contre moi, soulagé à un point que je ne comprenais pas. La tension nerveuse, en se relâchant, me laissait au bord des larmes. C'était ma pièce à conviction, mon signe de vie, mon seul indice. Je l'ai respiré, de toutes mes forces, mais l'odeur de citronnelle était moins présente, je devais la chercher plus loin, dans ma mémoire, au cœur des fibres... J'ai crispé mes doigts sur les bonnets, revoyant le barbu claudiquer dans le couloir. Des évidences jaillissaient, que je refusais aussitôt : non, ce n'était pas lui qui jouait avec moi. C'était un intrus, un paumé, un simple d'esprit qui avait fait une fixation sur le sous-vêtement et qui l'emportait, le déplaçait, le cachait comme un os... Je me suis rendu compte que cette description s'appliquait aussi à moi. Ça ne m'a rien fait. Oui, c'était cela, nous étions deux à chercher Marine, à la désirer, de la même manière – mais depuis quand venait-il ici, était-ce lui qui m'épiait tandis que je découvrais la maison, était-ce sa présence que je sentais ? Je n'avais pas rêvé la chaleur dans le soutien-gorge, hier après-midi, l'odeur de femme – elle venait de l'ôter, je l'avais trouvé le premier, j'en étais sûr, il était pour moi...

Un cri a déchiré le silence. Christina était revenue. J'ai planqué vivement le soutien-gorge derrière un dictionnaire, bondi hors de la bibliothèque, couru d'une traite jusqu'à la chambre à part. Christina était blême, adossée au mur, le doigt pointé vers les lits. Nos sacs de couchage étaient par terre, jetés en boule, les lits refaits avec leurs draps.

– Etienne, c'est toi... ?

L'odeur de citronnelle que m'avait refusée le soutien-gorge m'a cueilli de plein fouet, à peine entré.

– C'est toi qui as fait ça ?

J'ai haussé les épaules en me détournant :

– C'est normal de remettre en ordre, non ?

Elle a ramassé d'un coup les sacs de couchage, et elle est sortie. Après quelques minutes, j'ai entendu la voiture qui démarrait, s'éloignait. Je souriais, immobile, dans le silence qui sentait Marine. Elle était là. Elle était revenue – ou n'était jamais partie. C'est elle qui avait déplacé le soutien-gorge, lacéré la tente, refait les lits. Pour moi. Pour m'attirer, me provoquer, me faire sourire. Effrayer Christina et m'avoir à elle toute seule.

Je l'ai appelée, deux fois.

Ma voix résonnait bizarrement, n'était pas à sa place ; le prénom que je lui avais donné me revenait dans l'écho, incongru. Si elle voulait m'apparaître, elle n'avait pas besoin d'un ordre. Je me suis senti confus, comme le premier jour quand j'avais cassé le vase.

J'ai changé de pièce, parcouru les étages à sa recherche, mais j'avais l'impression que la maison se refusait. Je me suis rendu compte au bout d'un moment que c'était le barbu, inconsciemment, que je cherchais. Son image s'était incrustée entre la maison et moi, et j'éprouvais la même violence, la même jalousie que lorsque le type de la discothèque m'avait repoussé pour danser avec ma fille.

Je suis sorti, j'ai fait quelques pas sur la plage. J'ai déterré un bout de ferraille, l'ai jeté plus loin. Je me sentais seul, écorché, incertain. Je voulais parler, entendre la voix de quelqu'un, me confier, poser des questions sur Marine... L'imagination ne me suffisait plus.

Je suis parti à pied vers le village.

*

Des jeeps passaient dans les rues. Des soldats circulaient, étudiaient des courbes de niveau, prenaient des repères, marquaient des emplacements, dans l'indifférence générale. Des femmes tricotaient sur des pliants à l'ombre des arbres, des hommes jouaient à la pétanque. Ils s'activaient sans un mot, et les boules qui s'entrechoquaient ne provoquaient chez eux aucune réaction, aucune émotion visible. Celui qui avait pointé laissait la place à un autre, qui visait longuement avant de tirer puis cédait son tour sans souci du résultat. Sur tous les visages, il y avait ce mélange d'application et de désintérêt. Ils ramassaient leurs boules, lançaient le cochonnet dans un autre coin. Les femmes tricotaient des choses imprécises, en silence, sans entrain ni lenteur. Tous paraissaient vieux avant l'âge, se ressemblaient. Des figurants de cinéma. Des figurants sans tournage, qui tuent le temps. Il était onze heures, c'était dimanche et les rues ne sentaient pas la cuisine.

Je suis entré dans un café, j'ai dit bonjour. Personne n'a relevé la tête. C'était un troquet banal, avec un comptoir de formica, un miroir, des publicités pour des apéritifs d'autrefois, une partie de cartes. Je me suis perché sur un tabouret. Pour me faire bien voir, j'ai demandé un marc du pays.

– Y en a pas.

Le patron regardait dans le vide, la moue tombante. Son ton fermé suggérait moins la rupture de stock que l'absence de production locale. Un pays sans marc, sans spécialité, sans avenir.

– Alors, je ne sais pas... Un alcool blanc quelconque. J'ai besoin d'un remontant : je viens de faire six kilomètres à pied, par cette chaleur.

Le patron m'a servi. Puis il a examiné un verre et s'est mis à l'essuyer. J'ai bu une gorgée et j'ai enchaîné, comme pour justifier ma présence :

– Je suis en vacances ici.

Le patron a décollé ses lèvres, puis haussé une épaule, l'air de dire que ça me regardait. Je ne voyais plus comment enclencher la discussion. Je n'allais tout de même pas taper sur le comptoir et offrir une tournée, comme dans les westerns. J'ai précisé :

– A côté de la Villa Marine.

Il a saisi un autre verre sur l'évier, l'a essuyé. En le reposant, il a croisé mon regard et m'a répondu par un soupir.

– Oui, c'est ce que dit ma famille. Moi, j'aime bien... Elle a du charme, cette villa. Ça fait longtemps qu'elle est abandonnée ?

Il s'est mis à inspecter son torchon, lentement, cherchant une tache. J'ai insisté :

– Pourtant, on dirait qu'il y a quelqu'un, non ? J'ai entendu des bruits... Peut-être des squatteurs...

Il a orienté le tissu vers la lumière, a gratté de l'ongle un coin apparemment propre. Puis il a plié le torchon, et poussé vers moi la soucoupe avec mon ticket de caisse. Décontenancé, j'ai passé outre en essayant autre chose :

– Dites donc, tous ces soldats, ça doit être bon pour le commerce.

– Quels soldats ?

Il me toisait, indifférent, l'œil vide. En finissant mon verre, je me suis dirigé vers la partie de cartes. A tour de rôle les quatre hommes donnaient, abattaient, comptaient. Aussi absents et concentrés que les joueurs de boules sur la place. Je leur ai demandé :

– Qui est-ce qui gagne ?

– Personne, a répondu le patron dans mon dos.

Je me suis retourné vers lui. Il a laissé tomber son torchon dans l'évier où il s'est déplié. Je commençais à me sentir singulièrement mal à l'aise, oppressé par ce village retranché dans ses habitudes, condamné sans doute à la démolition et qui feignait d'ignorer l'échéance, de continuer comme si de rien n'était.

Tout à coup le rideau du fond s'est écarté dans un bruit de perles, et le barbu de la nuit dernière a traversé la salle, en touchant sa casquette. La clochette de la porte a tinté derrière lui. Tétanisé par la surprise, j'ai hésité à me précipiter dehors, mais l'air imperturbable du patron m'a retenu. J'ai demandé, la voix blanche :

– Vous le connaissez ?

Le cafetier m'a dévisagé, avec soudain une amorce de sourire dans sa face molle.

– Lui ? Bien sûr, oui.

– Qui est-ce ?

– C'est Gaille. Le Gaille, comme on dit par ici. Il est pas méchant, mais il est un peu...

Une moue a terminé sa phrase. Il a pris à témoin les joueurs qui ont approuvé d'un air complice.

– C'est pas sa faute, a déclaré celui qui distribuait. Il est né comme ça.

Son voisin a renchéri :

– On dit qu'y a pas de village sans idiot du village.

L'ambiance s'était détendue, en l'espace d'un instant. On m'intégrait au folklore. Ou on voulait me donner le change.

– Et il habite où ?

Le patron s'est rembruni. Il m'a regardé en dessous, et a répondu :

– Par ici, par là, où il trouve... Quand on n'a pas de chez-soi, c'est bien ce qu'on fait. Remarquez, y en a qui sont pas obligés et qui font pareil.

C'était visiblement une allusion au camping. Je me suis demandé combien d'hommes avant moi avaient fantasmé sur Marine, combien s'étaient heurtés au Gaille, combien étaient venus dans ce café poser les mêmes questions.

J'ai payé mon verre et j'ai demandé les toilettes. Avec une crispation, le patron a désigné le rideau de perles. Je me suis retrouvé dans un étroit corridor menant à une porte battant sous le courant d'air. Un vélo, des meubles et des tableaux encombraient le passage. Mon coude a heurté un pied de lampe, une pile d'annuaires a vacillé et j'ai retenu l'édifice comme j'ai pu. C'est alors que mon regard est tombé sur le portrait. Caché derrière une affiche sous verre qui avait glissé de côté, la plaque de tôle représentait une jeune fille dans un rocking-chair, dont l'ombre portée s'allongeait sur le mur. Une ombre plus grande qu'elle, en noir et blanc. La jeune fille ne m'évoquait rien, à part ses longs cheveux blonds, mais *je reconnaissais l'ombre.* C'était la femme avec qui je m'étais fait l'amour sur le divan, hier après-midi. Le menton volontaire et les épaules soumises, les joues couvertes de cicatrices, les mèches tailladées...

Hagard, je fixais l'apparition matérialisée par un autre. Le peintre n'avait pas mis son nom ; seul un pigeon aux ailes déployées, en haut à gauche, signait le tableau. Le bruit de perles m'a fait sursauter. J'ai croisé le regard du patron, qui a baissé les yeux, laissé retomber le rideau.

Quand je suis revenu des toilettes, il s'était servi un

café. Les joueurs avaient posé leurs cartes. Il a poussé vers moi la monnaie dans la soucoupe.

– Vous le connaissez ? a-t-il grogné.

– Qui ça ?

– Le peintre.

Mon air d'incompréhension lui a fait hausser les épaules.

– Il était ici l'année dernière, il me louait une chambre, il était tout le temps fourré dans la Villa Marine. Quand il est parti, il m'a laissé le tableau en paiement. Même pas signé. Je lui ai fait la réflexion, il m'a répondu : J'achète pas l'hôtel. Il avait l'air tellement sûr de lui... Et content pour moi que je fasse une bonne affaire. Jef Hélias, il s'appelait. Il est célèbre ?

J'ai dit que je n'étais pas spécialiste. Il a posé sa tasse.

– Pas moyen de savoir combien ça vaut. De toute façon...

La tristesse est retombée autour de moi. Je cherchais comment le questionner, les mots brûlaient ma gorge mais ne passaient pas mes lèvres.

– Tierce, a dit un joueur.

– Cinquante, a répondu un autre sur le même ton morne.

J'ai avalé ma salive, demandé le plus naturellement possible :

– Il vous en parlait ?

– De quoi ?

– De ce qu'il a peint.

– Il parlait pas, il peignait.

– Marine... elle est vivante, ou elle est morte ?

Il fixait ma monnaie, lèvres closes. J'ai senti que je n'en tirerais plus rien. J'ai repoussé la soucoupe vers lui. Il l'a prise et l'a vidée dans son tiroir.

*

Les soldats avaient disparu, quand je suis ressorti. Comme si le cafetier, en niant leur présence, les avait renvoyés au néant. J'ai cherché le Gaille, machinalement, sans avoir envie de le retrouver. J'étais pressé de quitter ce village – en même temps une espèce de malaise me retenait. Désormais j'avais la preuve que Marine existait, qu'elle inspirait à d'autres le même genre de fascination. Mais, moi qui ne l'avais pas encore rencontrée, comment avais-je pu avoir *la même vision* que le peintre ?

La cloche a sonné la demie d'onze heures. J'ai traversé en direction de l'église. Le parvis était désert. Contre un pilier, une assiette posée sur le sol marquait la place du mendiant.

J'ai poussé la porte qui a grincé dans le son de l'harmonium. Une messe était en cours. J'ai cligné des yeux pour m'habituer à la pénombre. Un vieux prêtre officiait, dans la lumière bleutée des vitraux. L'église était vide.

Je me suis assis au dernier rang, avec discrétion, relevé quand il a stoppé son magnétophone. Sans un regard pour moi, il s'adressait aux voûtes. Je lui répondais à mi-voix, comme pour me fondre dans la foule. Quand il a dit : « Allez dans la paix du Christ », j'ai murmuré : « Nous rendons grâce à Dieu. » Il a enclenché un cantique pour la sortie des fidèles, pendant quelques minutes, tout en rangeant ses accessoires, bible, burettes et ciboire, au fond d'une valise à carreaux. Puis il a appuyé sur Stop, et rembobiné la messe.

Je me suis avancé vers le chœur. Il a retiré son étole, l'a portée à ses lèvres avant de la plier soigneusement.

– Bonjour, mon père.

Il m'a regardé avec une tristesse gênée, vaguement honteuse. Je connaissais. L'humiliation de partager un bide avec son seul spectateur, après le baisser de rideau. Le jour où ça m'était arrivé, le public – un client de la teinturerie – m'avait dit pour me remonter le moral : « Moi, j'ai trouvé ça très bien. »

– Vous êtes civil ? a demandé le curé.

Ses yeux froids me détaillaient derrière les lunettes en fer, avec une attention critique. J'ai acquiescé et son expression s'est radoucie. Un sourire de mélancolie a remonté les plis de son visage maigre. Il a continué ses rangements, puis désigné la nef où un moineau se cognait contre un vitrail.

– Dieu est en quarantaine, comme vous pouvez le constater. Les gens d'ici ont tendance à mettre l'Eglise et l'armée dans le même sac. Vous êtes de passage ? En vacances ?

– Je campe sur la pointe, près de la Villa Marine.

Il a suspendu ses gestes, m'a scruté avec une gravité nouvelle.

– Je vois.

Il a fermé sa valise, m'a fait signe de le suivre. Trois claquements ont éteint l'église et allumé la sacristie. Ses doigts décharnés ont quitté le tableau électrique, tracé un signe de croix, puis refermé la porte. Nous étions dans une petite pièce aux boiseries blanchies d'humidité, meublée de trois chaises et d'une table pliante. Il m'a invité à m'asseoir.

– Vous y êtes entré, je suppose.

J'ai vu dans ses yeux que l'attirance exercée par la villa ne datait pas d'hier. Combien d'hommes avant moi étaient venus se confier à lui, et pour confesser quoi ?

– Faites attention, mon fils.

J'ai soutenu son regard. Le naturel de mon ton m'a surpris, quand je lui ai demandé ce qu'il voulait dire.

– Je vois bien à votre air que vous savez de quoi je parle. Cette maison ne laisse pas insensible. Elle a un passé douloureux qui s'accroche aux nouveaux venus.

Une histoire que la mémoire des murs répète inlassablement...

– Qui est Marine ?

Ses mains se sont levées comme pour une bénédiction, sont retombées. Il a ôté ses lunettes et les a nettoyées avec un mouchoir sale.

– Vous la verrez sans doute un jour, si ce n'est déjà fait. Moi je ne la connais que par ouï-dire ; elle ne vient pas au village. C'est certainement une étrangère. Jamais quelqu'un du pays n'aurait osé s'installer là-bas.

– Elle y est depuis longtemps ?

Il n'a pas répondu, concentré sur ses lunettes. J'ai enchaîné :

– Le peintre qui était ici l'an dernier...

Je n'ai pas eu besoin d'achever ma question. Il a hoché la tête, avec un profond soupir qui m'a fait froid dans le dos. Il a murmuré pour lui-même :

– *La Maîtresse de maison...*

– Pardon ?

– C'est le titre qu'il a donné au tableau. Je suppose que vous êtes passé au café... Il avait du talent. Tous, d'ailleurs. Le styliste, le musicien, l'ébéniste... Tous ceux qui se sont laissé envoûter. Que faites-vous dans la vie ?

– Je suis teinturier.

Il m'a dévisagé avec une surprise sincère, s'est rendu compte qu'elle était blessante et m'a souri avec compréhension :

– La sensibilité ne dépend pas non plus du métier qu'on exerce.

– Qu'est-ce qu'ils sont devenus ?

– Je ne sais pas. Ils étaient de passage, comme vous.

– Et le Gaille ? Le type qu'on appelle le Gaille ?

Il a tressailli, cessé de frotter ses verres.

– Le Gaille est là-bas ?

Il y avait une vraie angoisse dans sa voix.

– Oui. Enfin, je l'ai vu, cette nuit.

– Comment était-il ?

– C'est-à-dire ?

– Il allait bien ?

– Je ne sais pas. Il a l'air un peu...

J'ai imité la moue du cafetier. Le vieux prêtre a posé une main sur mon bras.

– Il est comme vous, mon fils. Il ressent les mêmes choses, mais il le montre, c'est tout.

J'ai acquiescé, mal à l'aise. Il a repris sa main pour remettre ses lunettes.

– A quatorze ans, il s'est retrouvé orphelin. Il est devenu l'homme à tout faire du village. Vous savez, ici, les familles sont très soudées, liées entre elles par les mariages... Chacun s'est prétendu son cousin, pour le recueillir et le faire trimer. J'ai voulu le prendre avec moi, au presbytère, lui donner un travail un peu plus enrichissant... Moi aussi, j'étais son cousin. A l'époque, j'étais encore le curé du village, j'avais mon mot à dire... Mais la crise des vocations et le remembrement liturgique m'ont contraint à devenir cette espèce de VRP du Seigneur, qui fait sa tournée des paroisses. Les cinq églises du canton, sur un rayon de quarante kilomètres ; une par mois... Depuis, ici, on me traite un peu comme un déserteur, un traître. Il y a tant de haine entre les communes...

Il se rejette en arrière, croise les jambes sous sa chasuble reprisée. Ses yeux sont humides derrière les lunettes sales, il sourit dans le vide.

– C'était un enfant extraordinaire, au catéchisme... Il était limité mentalement, mais il comprenait tout. Les choses ne passaient pas par sa raison, sa réflexion : c'était comme s'il recevait des... révélations, à chaque instant... Comme s'il était téléguidé par une intelligence extérieure. Il a été mon enfant de chœur, longtemps. J'aurais pu continuer à l'éduquer, à développer son âme, en faire un moine, peut-être... Le village me l'a enlevé.

Il a baissé la tête, lourd d'une rancœur mal éteinte.

– S'il est avec Marine, comme vous dites, c'est leur faute.

J'ai laissé passer un silence, troublé d'avoir entendu pour la première fois le prénom dans la bouche d'un autre. Puis j'ai demandé si les militaires allaient raser la maison.

– Je ne sais pas. Ce n'est pas l'immobilier qui les intéresse, c'est le sous-sol.

– Qu'est-ce qu'ils font, exactement ?

– Un centre d'essais nucléaires souterrains, d'après ce que j'ai compris. Ils transfèrent des installations qui se trouvaient en Provence. Il paraît que nous avons une meilleure sécurité sismique. Entre le secret défense et celui de la confession, vous comprendrez que je ne puisse vous éclairer davantage.

– Mais il n'y a pas eu d'opposition, de manifestations, de bataille politique ?

– Nous n'intéressons personne, monsieur. Nous n'avons pas d'industrie, pas de monuments, nos députés n'ont aucun poids, les jeunes sont partis, le tourisme est en chute libre et l'immobilier au point mort. C'est ce qu'ils appellent la « sécurité sismique ». L'absence de réaction des expropriés. Les gens ont touché leur chèque, et ils restent jusqu'au dernier moment. C'est leur façon de résister.

Il s'est levé.

– Début septembre, tout le monde sera évacué de la zone. Ne vous attardez pas, monsieur. Vous ne pouvez rien pour celle que vous appelez Marine.

– C'est quoi, l'histoire de la maison ?

L'hésitation a laissé place à une sorte de délivrance, à mesure qu'il parlait.

– Un drame, autrefois. Pendant la guerre. Depuis, vous tombez comme des mouches. Des mouches dans une toile d'araignée. La maison répète inlassablement la même histoire : l'amour, les meurtres, les viols... Avec des jeunes filles comme appâts. Aussi envoûtées que vous pouvez l'être... On n'attrape pas les mouches avec du vinaigre.

Mes doigts se serrent sur le rebord de la table.

– Et vous ne faites rien ?

Il croise les mains dans son dos pour retirer sa chasuble.

– Un exorcisme, vous voulez dire ? On me l'a demandé, plusieurs fois, ça n'a servi à rien. Ce qui se passe là-bas n'a rien à voir avec le diable. Ce n'est pas une force du mal qui s'empare des gens, c'est une force d'amour. Confiance, trahison, désespoir... Ce que vous en faites ne dépend que de vous. C'est trop facile d'accuser l'invisible.

Il rouvre sa valise, y range sa chasuble et son aube. Il est en polo gris.

– Les vraies hantises sont les pulsions humaines que vous projetez. Ce sont les vivants qui hantent les maisons, monsieur, qui réveillent leur passé et perturbent les morts. Faites votre examen de conscience.

– Qu'est-ce que vous voulez dire ?

– Il nous arrive ce qui nous ressemble.

Les fermoirs de la valise claquent dans le silence.

– Bonne fin de vacances, conclut-il d'un ton banal.

*

En arrivant au terrain, j'ai trouvé Stéphanie qui m'attendait, la moto appuyée contre la caravane. Elle m'a demandé si ça m'ennuyait qu'on parle. On s'est assis sur une souche, et elle a parlé. Epuisé par la marche, obsédé par les paroles du prêtre que je retournais dans ma tête, j'écoutais d'une oreille en acquiesçant. Elle semblait avoir des années de silence à rattraper. Elle a parlé du monde, de l'avenir, des garçons. Elle m'a dit qu'à l'époque où nous vivions, il n'était plus possible d'être heureux. Elle m'a dit qu'en fait, elle n'aimait pas les garçons, et que ça lui faisait peur d'être différente, mais que ça la dégoûterait d'être comme tout le monde. D'un autre côté, elle voulait avoir des enfants. Elle avait rencontré un type hier soir, elle avait couché pour avoir l'air normale, c'était nul et ce matin il lui prenait la tête.

Je la regardais. Cette avalanche de confidences brouillonnes, qui d'abord m'avait gêné, me rassurait à présent, me redonnait un point d'accroche. La sentir aussi paumée que moi me ramenait au présent. J'ai failli lui parler de Marine. Et puis elle s'est appuyée sur mon épaule, et j'ai senti un trouble qui ne venait pas d'elle.

– C'est marrant... C'est la première fois qu'on parle comme ça, et en même temps je te sens loin, papa.

Je n'ai pas répondu. Mais mon soupir n'avait rien d'un démenti.

– Tu as déjà trompé maman ?

D'un coup je me suis senti bien. Percé à jour, approuvé, compris. J'ai serré les doigts sur son poignet.

– Je suis en train.

Elle a haussé les épaules en pensant que je blaguais, et puis elle m'a dévisagé. Elle a vu que j'étais sincère. Plus rien n'existait que cette force en moi, cette attirance pour la femme invisible qui m'appelait dans cette maison.

– Sérieux ?

– Je crois.

– Ici ? Pendant qu'on est à la plage ?

– Oui.

Elle a secoué la tête, radieuse. Déjà, dans ses yeux, l'admiration remplaçait la surprise. Je m'étais battu pour elle l'autre soir, et maintenant je me tapais un amour de vacances dans le dos de sa mère. Elle était fière de moi, pour la deuxième fois de sa vie.

Le bruit de la Volvo nous a fait sursauter. Il était trois heures et demie – jamais Christina n'était rentrée avant la fin de journée. On a froncé les sourcils avec le même agacement, et cette complicité dans l'imprévu nous a rapprochés un peu plus.

– Tu veux qu'on l'occupe ? a dit ma fille.

– Ça serait sympa, oui. Il faudrait qu'elle se fasse des relations, qu'elle sorte le soir...

– Promis. Jean-Paul est avec ses potes au bowling, je vais le chercher et on te fera un plan diversion.

Elle m'a embrassé sur la joue, au moment où le moteur s'arrêtait. Un baiser de femme.

– Etienne !

Christina est venue se planter devant moi, a remonté d'un coup son tee-shirt.

– Regarde !

Une éruption de boutons rouges couvrait tout son ventre.

– C'est pollué ! En plus c'est pollué ! Jamais le soleil ne m'a fait ça !

– Oh merde ! s'est apitoyée Stéphanie. Tu peux pas rester comme ça... Viens, on retourne en ville, faut qu'on trouve un médecin de garde.

– Et pourquoi tu crois que je suis venue chercher ma carte Vitale ?

Stéphanie m'a cligné de l'œil, et l'a rejointe dans la caravane. Cinq minutes plus tard, la Volvo avait repris le chemin de terre. Je ne bougeais pas. Quelque chose m'empêchait de retourner dans la villa. Je ne voulais pas tomber sur le Gaille. Je ne supportais pas de partager Marine. J'aurais voulu qu'elle demeure surnaturelle, livrée à mon désir, libre d'être celle que j'imaginais, mais les paroles du curé l'enfermaient dans une réalité qui l'éloignait de moi. Et pourtant je voulais qu'elle existe, de chair et de sexe, je voulais qu'elle m'apparaisse, qu'elle me choisisse, qu'elle m'appartienne. Je sentais que les odeurs, les vêtements, le jeu de piste ne seraient plus suffisants. J'avais envie de son corps, terriblement. Et j'avais besoin de temps, de tout mon temps. Si Christina faisait une intolérance au soleil, même avec la complicité des enfants, je l'aurais dans les pattes toute la journée. C'était hors de question. Je ne voulais plus vivre les choses à moitié, me cacher, donner le change.

J'ai pris la moto, et je suis parti au hasard dans la campagne désaffectée où les militaires enterraient des conduites en béton. Le vent de plein fouet, les vibrations dans le corps, la vitesse, le bruit. Faire le point. Prendre du recul. M'abrutir.

*

Ils sont revenus à la tombée de la nuit. C'était une allergie à la crème solaire : dermatite aiguë, bronzage interdit. Pour lui changer les idées, les enfants l'avaient emmenée au cinéma – deux *Matrix* de suite. Elle avait mal digéré le pop-corn. Ma fille m'a demandé avec un regard appuyé si tout s'était bien passé. Christina a pris nos sacs de couchage, et elle s'est dirigée d'elle-même vers la maison, regard éteint, vacances brisées.

– Tu nous raconteras, m'a glissé Jean-Paul avec la connivence épaisse des vieux machos.

Dans la chambre à part, ma femme a retiré les draps avec des gestes mécaniques et précis – la cadence régulière qu'elle avait à la teinturerie. Elle n'était plus qu'une ombre d'elle-même, une fin d'été. Elle a soufflé les bougies, s'est glissée dans le sac et m'a souhaité bonne nuit d'une voix sans timbre. Elle m'a fait de la peine. Je me suis senti coupable, comme si c'était mon attitude qui avait causé son allergie.

– Etienne... Je voudrais qu'on rentre.

Il n'y avait même plus d'hostilité dans sa voix. J'ai dit d'accord. J'ai ajouté que je regrettais. Sans préciser quoi.

J'ai attendu qu'elle dorme. Comme la veille. J'ai rallumé le chandelier, et j'ai quitté la chambre sur la pointe des pieds. Je voulais m'évader, m'oublier dans l'odeur de Marine, je voulais que Christina soit de nouveau un obstacle, pas une victime qui inspire la pitié. Je voulais que tout redevienne simple, mystérieux et doux, que le curé ne m'ait rien dit...

J'ai poussé la porte de la bibliothèque. Le Gaille était appuyé contre la fenêtre, dans le clair de lune, et pressait le soutien-gorge sur sa figure. Il ne m'a pas entendu. Son dos voûté se soulevait à chaque inspiration, un tremblement de plaisir secouait ses épaules, un gémissement mourait dans le tissu. J'ai avancé, lentement, les doigts crispés sur le chandelier. Les yeux fermés, il s'essuyait la barbe dans la dentelle de soie. Puis il m'a vu. Il a relevé le menton, m'a souri d'un air complice, a sorti de sa poche un petit flacon, et a vaporisé du parfum à l'intérieur des bonnets.

Je me suis jeté sur lui, fou de rage. D'une détente, il a esquivé le coup. Le chandelier a brisé un carreau de la fenêtre. Le temps que je me retourne, il s'enfuyait vers le couloir. En trois bonds je l'ai rattrapé, coincé contre les rayonnages. Il grognait, bavait, la main droite levée pour tenir le soutien-gorge hors de ma portée, la gauche ruant dans les livres qui s'éboulaient autour de nous. J'avais lâché le chandelier et je serrais son cou, de toutes mes forces. Il paierait pour la fenêtre, pour le vase, pour la tente des enfants, pour les boutons de Christina, pour tous les ratages de ma vie, les espoirs sabotés, les illusions trahies... C'est lui qui inventait Marine, qui jouait avec nos nerfs et nos désirs, qui nous appâtait en vaporisant de la citronnelle. Salaud !

Je serrais toujours, je voyais mes pouces blanchir autour de sa pomme d'Adam, et son regard devenir vitreux. Il ne se débattait pas. Le peu d'énergie qu'il lui restait, il l'employait à maintenir le soutien-gorge le plus haut possible. Je guettais la peur dans ses yeux, l'abandon. J'attendais qu'il lâche prise. J'étais en train de devenir un meurtrier et ça ne me faisait rien. La tension était trop vive, ça ne pourrait qu'aller mieux ensuite – de toute manière une force m'empêchait de desserrer les doigts. Tétanisé par la haine, comme absent, projeté hors de moi-même, je me regardais tuer.

– Non, s'il vous plaît... C'est pas la peine.

La voix avait jailli sur ma droite, derrière les livres. Une voix féminine, dans un souffle, un accent étranger. Eberlué, je fixais la bibliothèque. Le barbu avait glissé entre mes doigts. Affaissé sur le parquet, il souriait d'un air fixe. Brusquement il a tiré quelque chose de sa manche, avec une rapidité incroyable. Une lame a brillé dans l'éclat de lune. J'ai reculé. Toujours à terre, il s'est mis à secouer la tête, à faire des signes comme pour me dire d'attendre. Sans me quitter des yeux, il a tranché le soutien-gorge entre les seins. Puis il s'est relevé, a rangé son couteau, et m'a tendu l'un des bonnets. Je l'ai pris, médusé. Il a enfoui l'autre dans sa poche, a plissé les yeux avec un geste d'encouragement, et s'est sauvé vers l'escalier en claudiquant.

Christina criait, dans la chambre, hurlait mon prénom. Je restais immobile, la moitié de soutien-gorge à la main, fixant la cinquième étagère de la bibliothèque. Je n'avais pas rêvé cette voix. Marine était là, derrière ces livres, de l'autre côté de ce mur.

– Etienne ! Réponds ! Tu es tombé ?

J'ai foncé dans le couloir, ouvert la porte de la pièce attenante. Une salle de bains sans placard, sans recoins.

Il y avait sûrement un espace dans le mur, un passage secret.

– Etienne ! Où tu es ?

J'ai gueulé que j'arrivais, pour faire cesser les cris. Puis je me suis approché de la baignoire sabot, et j'ai murmuré :

– Tout va bien, il n'a rien. Vous êtes là ?

J'ai écouté le silence, de toutes mes forces. L'oreille collée à la faïence jaune, j'ai guetté le son d'une respiration. En vain. A tout hasard, j'ai dit :

– A demain.

Et une jubilation inconnue éclatait dans ma poitrine, tandis que je retournais vers la chambre à part, ma moitié de soutien-gorge glissée sous l'élastique de mon caleçon.

Christina était sur le seuil, agrippée au chambranle.

– Qu'est-ce qui se passe ? Il y a quelqu'un ?

J'ai répondu oui. Un rôdeur, je l'ai fait déguerpir. Elle a rouvert la bouche, aux cent coups, j'ai devancé les jérémiades en lui rappelant que nous partions demain à l'aube : autant essayer de dormir. Elle m'a dévisagé, les bras ballants. Je l'ai recouchée dans son sac, j'ai remonté le zip, je l'ai embrassée sur le front et je lui ai souhaité de beaux rêves. Elle m'a tourné le dos. J'ai souri. Tout était clair, à présent. Je savais ce que j'allais faire, je savais où j'allais.

*

Ils ont bouclé leurs valises, rempli le coffre. Avant d'atteler la caravane, j'ai vérifié les niveaux de la Volvo. Je leur ai annoncé avec une consternation crédible qu'il n'y avait plus une goutte d'huile : sans doute une pierre du chemin qui avait percé le carter.

– Débrouille-toi, a dit Christina en montant à la place passager.

Et elle a ajouté en bouclant sa ceinture que, de toute manière, elle ne restait pas ici une minute de plus. Avec un sourire en biais, les enfants m'ont regardé partir vers le sommet de la butte, cherchant du réseau pour mon portable. J'ai appelé la SNCF. Il y avait un train dans une heure, avec seulement deux changements.

Les enfants m'ont rejoint pendant que je réservais. Je leur ai dit que j'étais désolé pour les vacances. Ils m'ont rassuré avec une gaieté sincère : j'abrégeais leur corvée et ils étaient contents pour moi. Je leur ai souri. Pour la première fois depuis des années, je leur ai dit que je les aimais. Ils m'ont répondu : T'inquiète. Et ils se sont composé un visage de circonstance pour aller faire leur rapport à l'autorité.

– C'est la merde, maman : le garagiste dit que la pièce n'arrivera pas avant huit jours.

– Et faire remorquer la caisse avec la caravane, je te

raconte pas le prix. Heureusement, papa nous a trouvé un train.

– Parce qu'il va rester ici tout seul, a conclu Christina d'une voix atone.

– Faut bien quelqu'un pour garder la caravane, a improvisé ma fille.

Mon fils a ajouté que, de toute façon, vu la déprime que je me tapais, il valait mieux me foutre la paix en attendant que je récupère.

J'ai pris le bidon d'huile dans le coffre, et j'ai fait semblant de remplir le carter plein. Puis j'ai démarré en espérant d'une voix optimiste qu'on ne perdrait pas les cinq litres en dix-huit kilomètres.

Engoncée dans ses pensées, Christina se taisait avec une résignation agressive. Je roulais sans à-coups, l'œil rivé sur le voyant d'alerte qui ne s'allumait pas.

Soudain, à la sortie d'un virage, j'ai aperçu deux jeeps arrêtées avec leurs feux de détresse, et des soldats qui s'agitaient en désordre. J'ai ralenti. Un corps était couché sur la chaussée ; on voyait le bas des jambes, le reste était caché par les jeeps.

– Vos ceintures ! a dit Christina aux enfants.

Un soldat m'a fait signe de passer. Un autre apportait une couverture. En montant sur le bas-côté, au pas, j'ai tourné la tête vers la droite, gêné par le profil de ma femme qui, les yeux obstinément fermés, refusait de s'encombrer d'une vision morbide. C'était le Gaille.

Couché sur le dos, les bras en croix, le sourire fixe. La couverture est retombée sur son visage.

Je me suis mordu les lèvres en revoyant la docilité avec laquelle il se laissait étrangler, cette nuit. Accident ou suicide, l'événement s'inscrivait dans une logique. J'étais en train de me débarrasser des miens, j'avais cédé aux avances de Marine, j'allais revenir me jeter dans ses bras : la maison n'avait plus besoin du Gaille. J'entendais résonner dans ma tête les paroles du curé, que je m'étais efforcé d'oublier depuis hier matin. *La maison répète inlassablement la même histoire : l'amour, les meurtres, les viols...* Je n'avais pas peur. Je relevais le défi. Je prenais mon tour.

– Ça y est, je peux rouvrir les yeux ? a lancé ma femme.

Tout en accélérant, j'ai dit d'un ton dégagé :

– C'était le rôdeur que j'ai viré hier soir. L'idiot du village. C'est lui qui avait déchiré la tente.

J'ai vu dans le rétro le soulagement des enfants. Ils pouvaient me laisser seul en toute tranquillité, à présent ; je leur enlevais un remords. Je leur devais bien ça.

On est arrivés à la gare avec dix minutes d'avance. J'ai installé ma famille dans un compartiment vide. Une fois les valises montées, je me suis retrouvé devant Christina qui me scrutait avec solennité. Je lisais les sous-titres. Depuis notre mariage, on n'avait jamais été séparés plus de trois jours.

– Je dirai à ton père que tu es resté pour la caravane, a-t-elle prononcé en détachant les mots.

J'ai cherché un soupçon dans son regard. Je n'ai trouvé que mise en demeure et quant-à-soi. Sauver les apparences. Cacher ma dépression qu'elle aurait vécue devant son beau-père comme un échec personnel. J'ai dit bien sûr, en détachant les mots comme elle : je reste pour la caravane.

Elle m'a tendu la joue, lèvres closes. Les enfants m'ont embrassé en me tapant dans le dos, pétrissant mon épaule comme des coachs avant un match. Je suis redescendu sur le quai avec un mélange de délivrance et de nostalgie. La nostalgie de toutes ces années où je m'étais empêché d'être moi-même, où je m'étais conservé bien au chaud dans des rêves mort-nés à l'abri des passions destructrices. A présent j'avais conscience de foutre ma vie en l'air sans savoir si j'en étais capable, et en craignant soudain d'être floué. Une part de moi aurait voulu prendre le train, pour garder intacts le désir inspiré par la maison, l'image de cette femme qui dans la réalité risquait probablement d'être inférieure à mon fantasme. Je savais résister à la routine, pas à la déception. Revivre les illusions perdues avec Christina était au-dessus de mes forces.

– Etienne.

Je me suis retourné. Elle était sur le marchepied, la main gauche tenant la poignée de portière. Je suis revenu vers le wagon, croyant qu'elle avait oublié une recommandation, une consigne pour mon père. Elle m'a demandé, avec la dignité insolente des perdants qui s'assument :

– Elle est belle, au moins ?

Je m'attendais si peu à cette question que j'ai souri malgré moi, avec naturel et franchise :

– Je ne sais pas encore.

Elle a haussé les épaules, et regagné son compartiment. L'élan de ma sincérité à laquelle j'étais seul à croire m'a redonné confiance tout le long du trajet.

Au carrefour de la pointe, je me suis arrêté à l'endroit où les jeeps stationnaient tout à l'heure. Le corps du Gaille avait disparu. Seuls témoignages de l'accident, des traces de freinage et le demi-soutien-gorge enfoncé par les pneus dans la glaise.

*

Un état d'exaltation forcenée s'est emparé de moi, sitôt franchi le seuil. J'ai ouvert les trente fenêtres, pour aérer tout ce qui s'était passé ici avant moi. Dans le son des battants qui s'entrechoquaient sous les courants d'air, je me suis installé, disséminé, réparti au hasard : un pantalon sur une chaise, une chemise dans l'armoire d'une autre chambre, des chaussures dans les salles de bains...

Je prenais possession de tout l'espace, je colonisais les pièces comme Marine l'avait fait, me pendais à côté de ses robes, me greffais sur ses cintres... Je posais mon rasoir entre ses crèmes, me recoiffais dans ses glaces, piquais mon peigne sur sa brosse. J'emménageais, pour la première fois de ma vie, dans le décor d'une femme.

J'ai refermé les fenêtres, et je me suis installé dans le rocking-chair pour l'attendre. L'oreille aux aguets, tressaillant au moindre craquement, j'ai laissé passer une demi-heure. Et puis le silence est devenu oppressant. Quelque chose n'allait pas. Je me sentais espionné, en sursis, en suspens. Il fallait que je fasse le premier pas. Que j'aille au-devant d'elle.

A force de palper les boiseries de l'aile nord, j'ai fini par retrouver le panneau mobile d'où le Gaille avait surgi, la première fois. Une galerie de pierres suintantes doublait le couloir, puis tournait à angle droit. Dans le halo de ma torche, les toiles d'araignées déchirées pendaient, alourdies de salpêtre. Un rond de lumière oblique révélait un petit trou dans le mur, à hauteur de visage. J'ai collé mon œil au judas. La bibliothèque. L'angle sous lequel Marine m'avait regardé me battre avec le Gaille.

Au bout du boyau resserré, un escalier tournait en colimaçon. J'ai monté un étage, me suis retrouvé dans une pièce mansardée, un capharnaüm qui évoquait la chambre de ma fille. Matelas sur le sol, couette à carreaux, livres et sous-vêtements épars, réchaud à gaz, thé vert, biscottes... L'oreiller était encore tiède, le parfum de citronnelle me serrait le ventre. Sur une étagère, le flacon avec lequel le Gaille avait vaporisé le soutien-gorge, la nuit dernière. Etait-ce la cachette de Marine, ou la tanière qu'un simple d'esprit avait aménagée pour la femme sortie de ses rêves ? La seule preuve « objective » que j'avais de son existence, c'était une voix que j'avais cru entendre derrière des livres. La folie du Gaille était-elle contagieuse ?

J'ai redescendu l'escalier jusqu'au rez-de-chaussée. Je me suis retrouvé à l'arrière de la maison, dans une jungle de ronces et d'aubépines. Refermée, la porte secrète disparaissait dans le dessin des colombages, les moulures de stuc et de bois peint. J'ai rampé le long de la façade, déchirant ma chemise aux épines où s'accrochaient des lambeaux de soie bleue.

Je suis rentré par la porte-fenêtre du premier jour, j'ai repris mon exploration avec un sentiment de malaise, comme si je tournais en rond, comme si l'histoire n'allait pas plus loin, me ramenait à mon point de départ.

Et soudain, je la vois. Assise à ma place dans le rocking-chair, les jambes croisées, le sourire moqueur. Elle se balance doucement en me regardant. Ce n'est pas la femme avec qui j'ai fait l'amour dans ma tête. C'est la jeune fille du tableau remisé à l'arrière du café, la blonde aux cheveux longs que le peintre a figée dans le même rocking-chair, la même attitude.

– Ils sont dans le train ?

La voix de l'autre côté des livres. Ce souffle d'accent mélodieux qui m'a empêché d'étrangler mon rival.

– C'est vous qui habitez là ?

Elle hoche la tête, les doigts noués derrière sa nuque, les seins tendus sous la soie bleue.

– Je m'appelle Marine.

– Je sais.

Elle bondit sur ses pieds, vient se glisser dans mes bras, murmure :

– Bienvenue.

Je l'embrasse à pleine bouche, elle se détache et court vers l'escalier. Je me lance derrière elle, gravis les marches dans son sillage de citronnelle. Je la rattrape sur le palier. Sa robe se déchire entre mes mains. Elle se retourne vers moi, avec une gravité hors d'âge dans son visage de gamine.

– C'est moi que tu veux ?

Sa voix est devenue rauque, haletante.

– Tu m'as cherchée, tu m'as appelée... Viens...

Elle m'entraîne à reculons jusqu'à la chambre mauve. Je la renverse sur le lit. Et je lui fais l'amour exactement comme dans mon rêve, la regardant passer du plaisir offert à la violence aveugle, des caresses aux griffes, des baisers aux morsures... Elle roule sur moi, m'enserre entre ses cuisses pour m'imposer son rythme. Les yeux fermés, la bouche tordue dans une grimace de refus, elle se sert de moi, me repousse quand je prends ses seins, me dit d'attendre, accélère ses coups de reins dès que je réclame une pause... Au moment où j'arrive au bord de son plaisir, elle rouvre soudain les yeux pour me regarder, l'air égaré, les doigts crispés dans mes cheveux.

– David !

Je vais pour dire que je m'appelle Etienne, et puis elle pousse un cri en nous faisant jouir.

*

Elle n'était plus là quand je me suis réveillé.

Nos corps soudés l'un à l'autre, on avait refait l'amour jusqu'à l'épuisement, de plus en plus insatiables au fil des orgasmes. J'étais complètement déboussolé, je n'avais jamais connu ça ; je perdais toute maîtrise et en même temps je contrôlais mon désir à son gré, d'une manière incroyable, comme si elle avait pris les commandes de mon corps. L'exaltation totale et le détachement se mêlaient en moi, décuplant mon énergie. Elle m'appelait David en jouissant et je me laissais faire, attendant qu'elle change de prénom, qu'elle me confonde avec un des autres vacanciers qu'elle avait attirés avant moi, mais visiblement elle faisait une fixation sur celui-là. On s'était endormis l'un dans l'autre sans que je prononce une parole, respectueux de la surimpression, profitant du plaisir que je lui donnais en tant que prête-nom.

Je me lève, tout le corps endolori, m'approche de la fenêtre. Le soleil est déjà bas sur la mer. Je la vois qui nage, au loin. Un pincement dans le ventre, aussitôt ; le désir qui renaît, l'état de manque.

Cinq minutes plus tard, je la rejoins dans les vagues. Elle me regarde bizarrement. Comme un copain. Me sourit, me frictionne les cheveux, me dit que mon crawl n'est pas terrible. Je ravale les mots d'amour que j'étais venu lui crier.

– On fait la course ?

Elle part sur le dos vers le rivage, avec une grâce précise, une cadence impeccable. Je peine à me maintenir à sa hauteur. Elle m'encourage, puis accélère brusquement, me devance de plusieurs longueurs. Je la rejoins sur le sable, essoufflé.

– Tu manques d'entraînement, dit-elle gentiment en tordant ses cheveux pour les essorer.

Une gaieté lumineuse émane d'elle, une espèce de pureté dans la manière dont elle vit sa nudité. Empêtré dans mon caleçon qui colle et bâille à la fois, j'ai peine à retrouver l'accord fusionnel qui nous a tenus en haleine pendant des heures. Je m'assieds près d'elle. Ce n'est plus la même femme, à l'extérieur. Je reconnais cet air de liberté en suspens qu'a fixé le peintre sur sa plaque de tôle, mais aucune expression, aucun geste ne me rappelle l'amante enragée de la chambre mauve. Le pouvoir érotique de cette maison s'arrête-t-il à la limite des murs ?

Elle s'est étendue sur le sable, offerte au soleil couchant, cherche ma main à tâtons, y glisse doucement la sienne. Je me creuse pour trouver quelque chose à dire, ménager une transition, faire la soudure entre ces deux moments d'intimité qui n'ont rien à voir, ces deux harmonies qui se contredisent. Je finis par demander :

– C'est parce que vous avez le même nom que tu as choisi cette maison ?

– Je n'ai pas de nom, moi. Je ne suis personne.

Elle a prononcé ces mots d'une voix neutre, avec un étirement de bien-être. Difficile d'enchaîner. Elle attire ma main sur ses seins, descend vers son ventre, se caresse avec mes doigts. Je me débarrasse de mon caleçon. Elle me retient.

– Pas ici. Pas encore.

Je retombe sur le côté. Elle tourne la tête et me dévisage.

– Il y a si longtemps qu'on ne m'a pas regardée dans les yeux. Le Gaille, il se cachait, il avait peur de moi. Tu l'as senti ?

L'image du barbu claudicant revient entre nous. Je réponds :

– Il est mort.

Elle se redresse d'un coup, me prend le bras dans un élan brutal. Ses yeux sont grands ouverts, des sentiments différents se bousculent : elle semble effrayée, consternée – en même temps elle a l'air fière de moi...

– Tu l'as tué ?

Les mots ont avancé prudemment sur ses lèvres. Elle épie ma réaction.

– Non, il s'est fait écraser sur la route. Par des soldats.

– Ah bon.

Elle se recouche sur son coude. Je ne sais pas ce que j'ai entendu dans sa voix, soulagement ou déception. Elle ajoute, avec une moue de résignation :

– Remarque...

Une poignée de sable glisse entre ses doigts quand elle relève la main. La phrase interrompue s'installe entre nous. Je brise le silence, de peur qu'il n'empoisonne ce moment.

– Et avant lui ? Il y a eu d'autres hommes ?

Elle n'esquive pas. Elle soupire, fataliste.

– Bien sûr. Vous êtes tous pareils. Moi j'ai envie de parler, mais il vous faut le reste. C'est normal.

Une tristesse terrible me tombe sur le ventre. Elle a sans doute la moitié de mon âge et on est aussi abîmés l'un que l'autre, sous des dehors intacts. Pas un instant je n'ai songé à me protéger d'elle, moi qui achetais des préservatifs dès qu'une lingère d'hôtel me trouvait sympathique. Curieusement, je n'éprouve plus aucune jalousie, maintenant que je lui ai fait l'amour. Comme si j'avais intégré une équipe, une troupe de théâtre – comme si je reprenais un rôle.

Les nuages ont envahi le ciel et le vent se rafraîchit. Elle s'approche d'un tas de pierres encerclant les restes d'un feu de camp, soulève un galet, ramène un vieux briquet avec lequel elle enflamme un boisseau d'algues sèches, avant de le recouvrir de brindilles. La fumée se dissipe dans les crépitements. Elle souffle sur les braises qui peu à peu rougeoient.

– Tu vis ici depuis longtemps, Marine ?

– Je vis.

Je ne comprends pas la réponse. Il y a tellement d'évidence dans sa voix que j'hésite à demander un éclaircissement.

– Et d'où tu viens ?

– De nulle part. Ça n'existe plus, lance-t-elle soudain en se redressant. J'ai faim.

Moi aussi, aussitôt. Comme son désir dans la chambre, à chaque fois, réveillait le mien.

Elle attache ses cheveux, regarde le coucher de soleil en se cambrant, les mains sur les hanches.

– En fait j'ai toujours vécu ici, je n'ai pas de souvenirs et je suis toute neuve.

Elle a parlé d'un ton buté, sans réplique, dépose un baiser sonore sur mon front, puis fonce dans la mer. Je la vois plonger, disparaître. Un long moment, je guette son retour à la surface. Je l'appelle, cours la chercher dans les vagues. Elle jaillit à dix mètres de moi, tenant dans la main quelque chose qui gigote. Elle regagne le rivage, attrape un cadre en bois noirci où est cloué un bout de grillage, assomme le poisson et le met à cuire sur les braises.

Je regarde son air absent, la précision machinale de ses gestes. Je demande, en désignant sa prise :

– Comment tu as fait ?

– Je n'aime pas tuer les êtres vivants, répond-elle simplement. Je ne pêche jamais. Ils le savent, alors quand ils me voient, s'il y en a un qui vient, c'est qu'il veut se suicider. Je l'aide.

Du bout d'une branche, elle retourne le poisson neurasthénique. Elle ajoute :

– C'est la faute des militaires. Les appareils de surveillance qu'ils installent, ça leur brouille le sonar. Tu l'aimes rose à l'arête ?

Je hoche la tête. Elle est folle, elle est délicieusement folle, on dirait qu'elle joue pour moi de sa folie, comme elle jouait de mon corps.

– Ou sinon, tu peux te raconter que je suis allée relever un casier.

C'est à moi de choisir. De valider l'hypothèse que je préfère. Je risque, sur un ton provocateur :

– Qu'est-ce que je peux me raconter d'autre ?

Elle replie ses genoux sous le menton, enlace ses mollets, nostalgique et boudeuse.

– Ce que tu te racontes depuis que tu m'as vue. Je suis une fille d'Albanie qui rêvait de la France, le pays de la liberté, je suis arrivée dans un double fond de camion qui livrait des putes à l'Ouest, j'ai faussé compagnie et je me planque ici, voilà.

Je proteste, dans un cri du cœur : je ne me suis jamais raconté ça.

– Alors tant mieux, sourit-elle en allongeant ses jambes, aussitôt délivrée du poids qu'elle me refile. Je m'appelle Marine, je suis née ici et tu es le premier homme que j'aime. On fait comme ça ?

*

On a mangé le poisson brûlant, caoutchouteux, plein d'arêtes. Elle a laissé mourir le feu. Un concert de crapauds s'élève, là-bas, vers la pinède. Je lui demande pourquoi elle ne me pose pas de questions sur moi.

– Comme ça tu es neuf, toi aussi.

Son visage est tourné vers la mer, l'enfance a disparu de ses traits. Elle est assise très droite, toute tendue, comme si elle essavait de dominer une douleur. Je glisse un bras autour de ses épaules. Elle ne bouge pas.

– C'est moche..., murmure-t-elle.

On dirait qu'elle proteste contre une injustice, doucement, sans espoir. Je la vois au bord des larmes et je ne sais que faire. Sa détresse passe en moi, de corps à corps, comme le désir tout à l'heure.

– Je vais avoir mal, Etienne.

– Tu connais mon prénom ?

– J'ai entendu quand on t'appelait.

Le « on » fait ressurgir le visage de Christina, qu'aussitôt je renvoie au néant.

– Pourquoi tu aurais mal ? Parce qu'on va démolir la maison ?

– Il y a un orage qui arrive.

Elle frissonne, se lève et part vers la villa, comme une automate. Je la suis, à quelques pas. Elle marche droit devant elle, les mains dans le dos, la tête basse. J'allume un chandelier, au salon. Elle est en train de bouger le doigt de l'armure, pour qu'il incline davantage le tableau représentant la rivière. Je lui demande :

– C'est pour qu'elle coule plus vite ?

Elle se retourne, me sourit, hoche la tête. Ses larmes se détachent. Elle noue ses bras autour de mon cou, murmure :

– J'ai peur.

– De quoi, Marine ?

– Je veux qu'on soit demain.

Un éclair illumine la pièce. Elle ferme les yeux, rentre la tête dans les épaules au coup de tonnerre, se serre contre moi. Je me dis qu'elle a incliné la rivière comme on avance une montre pour accélérer le temps. Nouveau coup de tonnerre, plus proche. Cette fois elle n'a pas réagi, je la sens devenir toute molle dans mes bras. Je la soulève, la porte dans l'escalier jusqu'à la chambre mauve. Ses lèvres remuent, prononcent des mots sans suite. Je l'étends sur le lit, remonte les draps et l'édredon. Une bourrasque rabat d'un coup les volets. Je vais les fermer, descends le rideau métallique de la cheminée où le vent sifflant disperse les cendres, reviens me glisser contre elle sous les draps. Elle est glacée, elle tremble. Je la caresse, la frictionne, rien n'y fait.

– David.

Je réponds que je suis là. Elle n'entend pas. Sa tête bouge en tous sens sur l'oreiller, ses bras s'abattent sur l'édredon au rythme du tonnerre. Les volets se rouvrent soudain, un éclair aveuglant emplit la pièce. Marine pousse un hurlement, le corps arc-bouté. La foudre est tombée. J'ai senti la secousse de toutes les fibres de ma chair, de tous les murs de la maison. Il y a eu un énorme craquement, plusieurs chocs sourds, amortis, un bris de verre.

On reprend notre souffle, serrés l'un contre l'autre. Sa respiration redevient normale. Elle se détache, doucement.

– C'est fini, dit-elle. Il n'y avait rien à faire. On verra demain.

Elle effleure ma joue, comme si elle me consolait, glisse ses doigts entre les miens. Elle murmure :

– Dors, mon chéri.

Elle se tourne de côté, sans lâcher ma main. La pluie battante diminue peu à peu, s'arrête. L'orage s'est éloigné, gronde encore quelques minutes, puis le silence revient. Bouleversé, je la regarde s'endormir, calmée, pressant ma main dans la sienne comme un porte-bonheur.

Je ne comprends pas ce que je ressens. Je devrais être fou d'amour et de fierté qu'une telle fille s'offre à moi, mais le courant d'énergie qui me traverse ne m'est pas destiné. C'est un autre qu'elle aime à travers moi, un autre qui se sert de mon corps et de mes sentiments pour répondre à son appel. Et j'aime ça. Terriblement.

*

Des bruits m'ont réveillé. Des coups, des froissements. J'étais seul sous les draps. Je suis descendu, guidé par les sons qui provenaient de l'arrière de la maison. A mi-étage, j'ai collé mon front au vitrail de l'escalier. Les branches d'un acacia s'égouttaient dans le soleil, ébranlées par les chocs.

Je suis allé à la cuisine, seule pièce ouvrant sur l'arrière.

Une bouilloire sifflait, accrochée dans la cheminée au-dessus des braises. Deux tasses se faisaient face sur la table en noyer, à côté d'une cafetière en fer bosselé. La porte-fenêtre était entrebâillée sur le fouillis de ronces et d'arbustes, dans une lumière glauque. Une odeur forte d'herbe coupée luttait contre celle des feuilles en décomposition.

Les jambes en sang au milieu des aubépines déchiquetées, Marine fauchait à grands coups réguliers, les dents serrées, le regard absent, vêtue d'une de mes chemises. Je suis resté à la regarder, un long moment, sans trahir ma présence. Elle débroussaillait avec une force patiente, obstinée, creusait une clairière. Sa faux mal aiguisée hachait autour d'elle en demi-cercles, heurtait des pierres, se plantait dans le sol. Elle s'arrêtait pour remonter une mèche, reprenait en sens contraire ses rotations du buste. La chemise s'accrochait aux tiges d'églantine, elle se dégageait d'un mouvement de reins, dans les craquements de l'étoffe.

Les lianes que sa faux balayait sans les trancher revenaient sur elle, les mûriers se redressaient dans son dos. La sueur et la rosée l'avaient trempée, collaient ma chemise à son corps. Les buissons résistaient, des flocons blancs s'échappaient d'une plante au tronc noueux. Elle toussait, s'acharnait sans violence, sans répit, sans méthode, avec un élan égal, un mélange de concentration et de détachement, entaillant obstinément les bois trop durs et hachant plusieurs fois les fougères déjà sabrées.

La faux heurte un objet métallique. Elle lâche le manche, s'agenouille et tire un morceau de gouttière. En relevant les yeux, elle me voit dans l'encadrement de la porte-fenêtre. Son regard continue le long de la façade, jusqu'à la toiture. Je quitte le contre-jour, m'approche en écrasant les andains. Derrière elle, les pierres et les ardoises qu'elle a récupérées sous les feuillages, assemblées en deux piles : les abîmées et les intactes. On dirait qu'elle prépare la venue d'un couvreur.

Ses yeux redescendent vers moi. Elle me contemple tel un inconnu, ou un familier de longue date dont la présence va de soi. Puis elle dit, comme si nous étions en train de faucher ensemble, comme si nous poursuivions une conversation :

– Remarque, de toute façon... Faudra bien remplacer des choses.

Elle ramasse la faux, termine de dégager le sol autour du morceau de gouttière. Je lève les yeux vers le toit. Un des clochetons, frappé par la foudre, gît sur la pente, arrêté par une tabatière.

Revenant vers la maison, elle égalise l'allée jusqu'à la porte-fenêtre. Sur la façade, entre les griffes de la vigne vierge arrachée, je remarque une dizaine de trous. Des impacts de balles. Elle croise mon regard. Elle a un geste évasif, comme pour chasser un souvenir ennuyeux.

– Oui, une année j'ai dû faire des travaux, alors j'ai pris des amants. Des hommes de la ville. Un pour la maçonnerie, un pour la plomberie. Ils se croisaient. Chacun pensait qu'à la fin des travaux, il viendrait vivre ici avec moi – c'est ce que j'avais dit. Un jour, le petit m'a trouvée avec le grand. Alors après ils sont revenus ensemble avec des fusils, la nuit. Je m'étais barricadée. Ils avaient bu, ils ont tiré sur la maison. Le matin, ils étaient morts. Les balles avaient ricoché sur le mur. Ils se sont entretués, quoi, achève-t-elle comme si c'était une conclusion heureuse, la morale de l'histoire.

Elle recule, admirant le tracé de son allée, s'assied sur une souche. Dominant l'espèce d'horreur que m'inspirent sa légèreté, son indifférence satisfaite, je la regarde qui balance doucement sa jambe en suçant un brin d'herbe. De quoi se venge-t-elle ? *Qui* se venge à travers elle ? Je revois l'attitude du cafetier, lorsque je l'interrogeais sur la maison, je repasse dans ma tête les mises en garde du curé, la vision du Gaille écrasé sur la route, la réaction de Marine apprenant sa mort... Elle se repose au soleil, jambes croisées, la faux tachée de sève contre sa cuisse. Elle lit le désarroi dans mes yeux, ôte de ses lèvres le brin d'herbe et me le tend.

– Toi, c'est différent. La maison, tu l'aimes. Les autres, ils maçonnaient, ils faisaient leur plomberie, ils ne sentaient rien, ils ne voyaient rien à part moi. C'est bien qu'ils soient morts. Ils ont tiré sur la maison.

Une volonté farouche pèse dans sa voix, une rancœur venue de très loin. Elle jette distraitement par-dessus son épaule le brin d'herbe que je n'ai pas pris. Je demande :

– Et le peintre ?

– Il a eu ce qu'il voulait. Vous avez tous ce que vous voulez.

J'attends un instant. Conscient de jouer avec le feu qui couve en elle, je murmure :

– Et le Gaille ?

– Le Gaille, il était fou. Il ne voulait rien.

Elle s'étire, crache dans ses mains, puis elle se remet à faucher, comme si quelque chose d'important l'appelait, comme si déjà je n'existais plus. Au moment où je tourne les talons, elle lance brusquement :

– Attention à la marche !

Je m'arrête net, regarde sous mes pieds, cherche devant moi. Il n'y a pas de marche. Elle reprend son travail de débroussaillage, agrandissant la clairière, à la recherche d'une pierre ou d'une ardoise qui lui auraient échappé.

*

Je suis rentré dans la maison. J'ai exploré chaque pièce, lentement, comme les premiers jours, pour essayer de ranimer mon attente, mes espoirs, refaire mienne la femme que j'avais reconstituée à partir de son odeur, de ses vêtements, de son jeu de piste... Je voulais reprendre la main, dissiper le malaise que ses paroles, son attitude installaient en moi.

Je m'arrête dans la bibliothèque. Je l'imagine en travers du vieux fauteuil de cuir clouté, en train d'apprendre le français dans les volumes aux reliures moisies. Puis j'efface les traces de ma lutte avec le Gaille. Je ramasse les bibelots, remets les livres sur les rayonnages.

Soudain mes doigts se figent sur une couverture blanche – le seul ouvrage qui semble récent. *Villa Marine*, par Alexis Kern, de l'Académie française. Au dos, la fille de l'auteur raconte comment, à sa mort, elle a retrouvé, complété et mis en forme le texte inachevé. L'exemplaire est dédicacé à l'encre turquoise. Une écriture haute et claire, appliquée, enfantine.

Pour Monsieur Gaille, qui m'a fait si gentiment visiter cette « maison de famille » qu'on m'avait toujours cachée. En cordial souvenir.

Nadège Kern

Le cœur battant, je m'assieds dans le fauteuil et je commence à lire.

Son testament était sa dernière vacherie. Son dernier cadeau. « Je demande à mon fils Alexis de disperser mes cendres dans le lit de la chambre mauve. » Son lit de jeune fille. Le lit où elle nous avait conçus, ma jumelle et moi.

Figé dans les toiles d'araignées, le temps repartait en arrière ; tout le passé d'horreur qu'elle m'avait légué dès mon enfance me remontait aux tripes, comme si j'en avais eu la mémoire directe. La guerre, l'Occupation, son fiancé déporté à Auschwitz. Toute seule à vingt-quatre ans dans sa maison réquisitionnée par les Allemands. Le colonel lui avait laissé sa chambre de jeune fille. Il avait même promis de faire libérer son fiancé, en échange d'une porte ouverte, d'un lit d'accueil, d'un corps dispos. David Meyer avait été gazé dès son arrivée au camp, le colonel le savait très bien, mais il avait donné de bonnes nouvelles et promis ses largesses jusqu'à l'hiver 44, où il avait rejoint le front russe.

Nous sommes nés à la Libération, ma jumelle et moi. Les enfants du mensonge, les enfants du viol accepté, répété, nécessaire. Les enfants de la tondue promenée nue dans les rues du village. Les enfants de la honte. Notre sang nazi qu'elle ne nous pardonnerait jamais. Elle nous a tués à petit feu, reniés dans sa chair, avortés après coup. De sadisme en indifférence, d'étouffement en abandon, elle nous a fait payer sa faute, son châtiment, son innocence. Courant le tiers-monde pour s'oublier dans la misère des autres, refusant notre amour pour justifier son injustice, et finissant de nous effacer en perdant la raison.

Les dernières années de sa vie, les années Alzheimer, la ramenèrent à distance dans cette Villa Marine dont elle me parla dès lors, du fond de son délire, comme si une part d'elle-même continuait à y habiter. Fantôme à temps partiel entre deux moments de lucidité, ma mère hantait de son vivant la villa qui avait brisé sa jeunesse. Un ou deux dimanches par mois, je la trouvais, sur son lit de clinique, le regard dans le vide, en train de parler toute seule à des hommes invisibles, enchaînant les mots d'amour, les cris de haine et les râles de plaisir... Aucun grief filial ne saurait adoucir le spectacle qu'elle me donna pour ses adieux, dix ans durant.

Un bruit de moteur me fait lever les yeux. Des grincements de freins, des chocs sourds. Je me précipite à la fenêtre. Trois camions gigantesques sont arrivés devant la villa, portant des bulldozers et des tractopelles. Marine se tient au bas de la terrasse, immobile, sa faux à l'horizontale, barrant le passage aux civils coiffés de casques jaunes.

Je dévale l'escalier, traverse le salon en trombe, jaillis sur la terrasse au moment où les démolisseurs s'avancent vers elle. Je cours m'interposer, rate la marche du perron. Je pars en avant, la tête la première. Marine se retourne, pousse un cri dont l'écho se prolonge alors que tout a disparu autour de moi.

*

Une sensation de bien-être me fait reprendre conscience. C'est toujours le noir total, mais une rumeur fissure le silence, lointaine. Une fissure d'où s'échappe un rai de lumière intense et douce qui se dilate soudain. Je flotte entre deux eaux, soutenu par une espèce de toile liquide qui respire au rythme de ma pensée. L'idée que je suis mort se présente, sans me causer d'émotion particulière. Je ne suis pas seul. Des fenêtres s'ouvrent autour de moi comme sur un écran d'ordinateur ; des hommes apparaissent, me sourient. Je me sens en terrain familier, aussitôt, sans les connaître. Il y a un jeune garçon avec un pinceau à la main, qui me montre une tôle rouillée où se forme un visage de femme. Un type vieillissant qui, l'air désolé dans son habit vert, m'accueille par un signe d'impuissance. Deux ouvriers en bleu de travail qui partagent le même corps, échangeant tour à tour leur visage. Un officier en uniforme gris, apparemment surpris d'être là mais souriant quand même. Et puis un rouquin de mon âge qui me dit vaguement quelque chose... Je l'identifie à l'instant où je me pose la question : c'est le professeur de musique qu'avait Stéphanie l'an dernier.

Tous convergent autour de moi, me réceptionnent comme le petit nouveau de la troupe ; je retrouve intacte l'émotion de mes quinze ans, quand j'ai découvert au collège le club théâtre. Du coup j'ai quinze ans – j'ai quinze ans *aussi*, en même temps que mon âge présent. Des visages de filles désirées, oubliées qui peuplaient mes rêves de troisième s'impriment à côté des fenêtres où m'attendent les hommes qui sourient, comme si je pouvais cliquer, choisir... Et puis une silhouette claudique entre les images. C'est le Gaille. Je lui fais signe, d'une pensée qui me ramène aussitôt dans la Villa Marine.

Je suis au milieu du salon, tel qu'il m'est apparu le premier jour. Sur le guéridon, le grand vase est intact. Le prof de musique, à la table de bridge, est concentré sur sa réussite. Le peintre lit le journal dans le canapé bleu. L'ouvrier à deux visages répare une conduite. Le Gaille, rajeuni de vingt ans, fait visiter le salon à des silhouettes dont je ne distingue pas les traits. Il leur offre des soutiens-gorge.

Je cherche mes autres compagnons, me retrouve aussitôt dans la cuisine où déjeunent face à face l'officier allemand et l'Académicien. Au mur, la plaque de tôle peinte où Marine se balance dans le rocking-chair, tandis que Mme Kern reste immobile, ombre morte qui ne veut pas apprendre à bouger. Nous sommes tous autour d'elle, à présent, dans le tableau, l'invitant à nous rejoindre, à quitter le monde des vivants, abandonner ce rocking-chair vide où Marine n'est plus qu'un parfum, ce délicieux parfum de citronnelle que j'ai peine à quitter, moi aussi... Pourtant je sais que toutes mes émotions, tous mes souvenirs sont intacts, et m'attendent dans un présent éternel si je sais faire mon deuil...

– Humilié une fois encore, qui plus est à domicile, Béziers encaisse trois-zéro face à Niort...

Ma femme prend forme à la place du tableau, assise au bord d'un lit, penchée vers un corps hérissé de tubes reliés à des appareils, des écrans. C'est moi. Les yeux clos, livide.

– Joint par téléphone, l'entraîneur Louis Belon s'est refusé à tout commentaire. On peut néanmoins augurer que ses jours sont comptés à la tête de la formation biterroise...

Elle me lit le journal. Non... Je ne veux pas revenir. Pas encore, pas déjà... Qu'est-ce que j'ai à faire, ici ? Elle ânonne, elle s'ennuie, même pas une larme, une fêlure dans la voix. Elle tourne la page, attaque les courses hippiques. On lui a dit que les gens dans le coma entendaient tout, qu'il fallait leur parler sans répit pour maintenir le lien... Depuis combien de temps ça dure, combien de journaux ? Christina bâille et continue, sans mettre le ton : elle donne les pronostics du tiercé, elle fait son devoir.

Terrifié, je vois soudain mes lèvres qui remuent. Non, mon Dieu, pitié... Où est-Il, celui-là ? S'Il existe, faites qu'Il ne me renvoie pas dans ce corps dont j'ai fait le tour... Je vous en supplie... Je veux revenir près de Marine, la hanter moi aussi, mais pour la protéger, la désenvoûter, la défendre contre Mme Kern... Elle a besoin de moi, je le sais... Elle m'attend. Mes enfants sont grands, ma femme s'en fout, mon père est vieux, ils moderniseront la teinturerie avec mon assurance-vie, où est le problème ?

– Etienne !

Merde. Elle a vu les lèvres bouger, lâche le journal. Elle se penche, tend l'oreille. Je ne sais pas ce qu'il lui dit. Cet autre moi-même dont je ne veux plus. Cette dépouille qui m'aspire, me réincorpore... Tout devient flou, s'efface.

– Etienne, tu vas bien ? Qu'est-ce que tu dis ?

– Parle... moins fort, tu vas... me réveiller...

– Quoi ? Articule, mon chéri, je n'entends pas, ouvre les yeux, vas-y, reviens... Mademoiselle ! Il se réveille ! Venez, vite ! Appelez le docteur, enlevez-lui ces machins ! Mais arrêtez de me pousser, enfin ! C'est mon mari !

*

Ils m'ont gardé huit jours en observation. Je ne vois pas ce qu'il y a à observer : je suis le même qu'avant. Raccord. Aucun souvenir en plus. Quelque chose de formidable m'est arrivé pendant mes deux mois de sommeil et j'en ai perdu la mémoire, totalement. La place est là, le vide immense, l'état de manque permanent. Dépression postcomateuse, ils disent. Je sais que c'est autre chose. Je sais que ça ne passera pas avec leurs pilules.

Je fais semblant. Je donne le change. Je dis oui, je suis bien content d'être revenu, c'est un miracle, absolument, je remercie toute l'équipe. Et je pleure dès que je suis seul, dès que je fouille en vain mon cerveau pour retrouver ce bonheur fou qui n'est plus qu'une boîte vide.

Le matin prévu pour ma sortie, Christina avait des problèmes avec un fournisseur. C'est Jean-Paul qui est venu me chercher. Il a passé son permis, il conduit la camionnette *A la Reine Blanche.* C'est la première bonne nouvelle depuis que je suis de retour : il arrête le lycée. Il va me remplacer à la teinturerie. Je n'ai aucune séquelle, à part mes douleurs dans le crâne, mais l'odeur des produits chimiques du nettoyage à sec, après deux mois d'assistance respiratoire, il vaut mieux oublier. J'ai les médecins pour moi. La tête de Christina quand ils ont dit « produits chimiques ».

En me voyant franchir le seuil, papa a fondu en larmes. Ça ne s'est pas arrangé, les jours suivants. Il culpabilise, incapable de soutenir mon regard : quand les médecins m'ont déclaré en coma dépassé, il a été le seul du conseil de famille à voter pour qu'on me débranche. Pas d'acharnement thérapeutique, disait-il. A présent je suis pour lui un remords vivant, et c'est assez pénible à vivre.

Christina, ça va. J'ai rapidement compris qu'elle avait

connu quelqu'un, en dehors des heures où elle me lisait le journal. C'est *Tradition Baguette*, le boulanger mitoyen. Il ne marche plus très fort, depuis son divorce. D'ailleurs il songe à vendre, et ils finiront par casser le mur pour agrandir la teinturerie. Tout ira bien sans moi.

J'ai la bénédiction de mes enfants. Je laisse l'appartement, le portefeuille d'actions, les deux tiers du compte courant et la caravane. Je garde la Volvo. Séparation de corps, j'aime assez l'expression. Pour les clients, il s'agira d'une convalescence. Une longue convalescence. De toute façon, en deux mois, j'ai déjà disparu de leur paysage.

Je suis retourné à l'agence. Le petit homme creux aux yeux fébriles a voulu savoir d'un air gourmand comment s'étaient passées mes vacances. Quand j'ai demandé si le terrain avait été reloué, il s'est assombri.

– C'est fini, monsieur. Toute la zone a été évacuée. Vous aurez été le dernier.

Une image est brusquement revenue dans mon esprit. Le rouquin en pull rayé qui faisait une réussite au salon. L'ancien prof de ma fille. J'ai fermé les paupières pour retrouver la suite de la scène, mais la vision s'est arrêtée là.

– Ça ne va pas, monsieur ?

J'ai rouvert les yeux. Manillot. A défaut d'autre chose, je ramenais son nom.

– Monsieur Manillot, le professeur de musique, vous lui avez loué ?

Le petit homme est devenu blême. J'ai pensé qu'il allait se retrancher derrière le secret professionnel, mais il m'a pris à témoin de ses bonnes intentions : la villa faisait tellement de bien aux personnes dans mon genre...

– Qu'est-ce que vous appelez « les personnes dans mon genre » ?

– Je veux dire... Ne le prenez pas mal, mais les fois où j'ai loué le terrain à des couples heureux... Il ne s'est rien passé.

Une moue navrée ondulait dans le sourire de solidarité masculine qu'il essayait de maintenir. Je le découvrais sous un autre jour. Il sélectionnait les proies qu'il envoyait à la villa, recueillait au retour les confidences des heureux élus... Des « personnes dans mon genre ». En manque de rêve, déçus par leur vie, et disponibles.

– Qu'est-ce qui s'est passé, avec Manillot ?

Il a détourné les yeux, a laissé vaguer son regard sur les automates qui peuplaient toujours l'agence avec leurs bras uniques, leurs pieds en moins, leur nez coupé... Il m'a semblé qu'il leur manquait encore plus de pièces qu'à ma précédente visite. A contrecœur, il a murmuré :

– Monsieur Manillot était sur fin août, l'an dernier.

– Qu'est-ce qui lui est arrivé ?

– Un malheureux accident. En fait, à la rentrée des

classes, il s'est jeté sous le TGV. Le pauvre homme. La pression des élèves, la crise dans l'Education nationale...

J'ai souri malgré moi, j'ai dit : Bien sûr. Je me suis levé, je lui ai souhaité bonne continuation. J'ai vu qu'il était déçu, brûlait de me soutirer des détails croustillants qu'il considérait probablement comme sa commission d'intermédiaire. Mais je ne partagerais plus Marine. Elle était à moi, désormais. A moi seul.

– Si vous avez envie d'en parler, a-t-il insisté, vous avez un habitué, à deux rues d'ici : il me prenait juillet depuis trois ans. L'ébéniste de la rue de Grenoble.

– Sans façon.

– C'est à vous de voir.

Sur le seuil, je me suis retourné. Comme il était tout déconfit derrière son bureau, je me suis enquis de la santé de ses automates. Il m'a répondu d'un air de reproche qu'il était trop bon, qu'il servait de banque d'organes.

– J'ai eu le plus bel été de ma vie, ai-je dit pour lui remonter le moral.

Il a repris des couleurs, m'a remercié avec nostalgie.

*

Quand je suis revenu, les panneaux de signalisation routière avaient disparu ; il ne restait plus que des pancartes rouges sur des kilomètres de grillage électrifié. *Terrain militaire – Entrée strictement interdite.*

J'ai laissé ma voiture dans un sous-bois, et pendant des heures j'ai longé la clôture, grimpant sur le moindre talus pour essayer de me repérer. J'ai aperçu le village, au loin, sans trace de vie. Mais du côté de la pointe, au-delà du bois de pins morts, quel que soit l'angle, je n'arrivais pas à voir la Villa Marine. Une trouée a confirmé mes craintes, un peu plus loin : il n'en restait rien.

J'ai regagné ma voiture, parcouru les communes autour de la zone militaire. J'ai fini par trouver le curé dans une des églises. C'était mercredi et il faisait le catéchisme à deux enfants noirs qui prenaient des notes, l'air passionné. Il avait rajeuni. Sans doute la qualité de leur écoute. En m'apercevant sur le seuil de la sacristie, il s'est rembruni.

J'ai attendu la fin du cours, puis je l'ai questionné sur la jeune femme de la villa. L'avait-on revue, depuis la démolition ?

– La villa n'a pas été démolie.

– Si, j'en viens. Il ne reste plus rien.

– On l'a transplantée.

– Transplantée ?

– Démontée, pierre par pierre. Tout a été numéroté et envoyé quelque part dans les Cévennes, je crois, où elle sera reconstruite à l'identique.

Je le dévisageais, incrédule, aussi désarçonné par ce qu'il m'apprenait que par son ton carrément hostile.

– Mais qui... ?

– L'ayant droit de Mme Kern. La fille de l'Académicien, une nommée Nadège. Apparemment son héritage lui a donné les moyens de ce caprice. C'est ce que les personnes sans foi appellent la « fidélité ». Venger la mémoire. Comme si la fidélité passait par les objets matériels.

Il s'est relevé, a enfilé sa parka d'un geste nerveux.

– De toute manière, quand une maison ne veut pas mourir...

Il a terminé de se boutonner, a contemplé mon désarroi, éteint la lumière.

– Venez.

Il a fermé l'église. Je l'ai suivi jusqu'à la vieille 2CV où il transportait son matériel de curé itinérant. Dans le coffre, parmi les valises de cierges et de ciboires, il a pris une pierre. Une pierre de taille grise, marquée d'un code à six chiffres, qu'il m'a tendue après un instant d'hésitation.

– Je l'ai retrouvée sur le site, dans les ronces. Je la gardais en signe de pénitence. Faites-en l'usage que vous voudrez.

J'ai refermé les doigts sur la pierre, très ému, lui ai demandé pourquoi il parlait de pénitence.

– Vous avez su l'histoire de la villa ?

J'acquiesce. Il recule d'un pas, et affronte mon regard.

– J'étais un tout jeune garçon, à l'époque. J'ai fait comme les autres. Tous ces collabos passifs qui s'étaient déguisés en résistants au départ des Allemands... J'ai tondu la maîtresse du nazi, moi aussi. La chèvre émissaire qui purgerait nos péchés... Rien n'est plus contagieux que l'hystérie de la foule. La rédemption collective par l'injustice aveugle... Aujourd'hui le village n'existe plus, chacun est parti avec sa part de honte – ou sa bonne conscience – mais ça ne change rien à ce qui s'est passé. Ni aux conséquences.

– Et Marine ?

– La petite Albanaise ?

Il a écarté les bras, les a laissés retomber en soupirant :

– Espérons qu'elle n'a pas suivi les pierres...

J'ai détourné les yeux. Il a posé une main décharnée sur mon épaule.

– Cela dit, c'est à vous de savoir où vous situez l'espoir, mon fils. Je prierai pour vous.

Il a refermé son coffre, s'est installé au volant. Je suis remonté dans ma voiture. On a démarré ensemble, et je suis parti en sens contraire.

Je ne savais pas où j'allais. Sur le siège passager, la pierre numérotée était ma seule boussole.

DU MÊME AUTEUR

Romans

VINGT ANS ET DES POUSSIÈRES
Le Seuil, 1982, prix Del Duca

POISSON D'AMOUR
Le Seuil, 1984, prix Roger-Nimier

LES VACANCES DU FANTÔME
Le Seuil, 1986, prix Gutenberg du Livre 87

L'ORANGE AMÈRE
Le Seuil, 1988

UN OBJET EN SOUFFRANCE
Albin Michel, 1991

CHEYENNE
Albin Michel, 1993

UN ALLER SIMPLE
Albin Michel, 1994, prix Goncourt

LA VIE INTERDITE
Albin Michel, 1997,
Grand Prix des lecteurs du Livre de Poche 1999

CORPS ÉTRANGER
Albin Michel, 1998

LA DEMI-PENSIONNAIRE
Albin Michel, 1999,
Prix Femina Hebdo du Livre de Poche 2001

L'ÉDUCATION D'UNE FÉE
Albin Michel, 2000

L'APPARITION
Albin Michel, 2001, Prix Science Frontières de la vulgarisation scientifique 2002

RENCONTRE SOUS X
Albin Michel, 2002

HORS DE MOI
Albin Michel, 2003

L'ÉVANGILE DE JIMMY
Albin Michel, 2004

Récit

MADAME ET SES FLICS
Albin Michel, 1985
(en collaboration avec Richard Caron)

Théâtre

L'ASTRONOME, prix du Théâtre de l'Académie française – LE NÈGRE – NOCES DE SABLE – LE PASSE-MURAILLE, comédie musicale (d'après la nouvelle de Marcel Aymé), Molière 97 du meilleur spectacle musical.

A paraître aux éditions Albin Michel.

Édition exclusivement réservée
aux adhérents du Club
Le Grand Livre du Mois
15, rue des Sablons
75116 Paris
réalisée avec l'autorisation des éditions Albin Michel

Composition IGS
Impression Bussière, mai 2005
N° d'impression : 052041/4.
Dépôt légal : juin 2005.
ISBN : 2-286-01622-4
Imprimé en France.